SÃO BERNARDO

ENCONTRE MAIS
LIVROS COMO ESTE

Copyright desta obra © IBC - Instituto Brasileiro De Cultura, 2023

Reservados todos os direitos desta produção, pela lei 9.610 de 19.2.1998.

1ª Impressão 2024

Presidente: Paulo Roberto Houch
MTB 0083982/SP

Coordenação Editorial: Priscilla Sipans
Coordenação de Arte: Rubens Martim
Preparação de Texto, Revisão e Notas: Mirella Moreno
Apoio de Revisão: Leonan Mariano

Vendas: Tel.: (11) 3393-7727 (comercial2@editoraonline.com.br)

Foi feito o depósito legal.
Impresso no Brasil

Dados Internacionais de Catalogação na Publicação (CIP) de acordo com ISBD	
R175s	Ramos, Graciliano
	São Bernardo / Graciliano Ramos. – Barueri : Editora Itatiaia, 2024. 144 p. ; 15,1cm x 23cm.
	ISBN: 978-65-5470-032-0
	1. Literatura brasileira. 2. Romance. I. Título.
2023-3719	CDD 869.89923 CDU 821.134.3(81)-31
Elaborado por Vagner Rodolfo da Silva - CRB-8/9410	

IBC — Instituto Brasileiro de Cultura LTDA
CNPJ 04.207.648/0001-94
Avenida Juruá, 762 — Alphaville Industrial
CEP. 06455-010 — Barueri/SP
www.editoraonline.com.br

SUMÁRIO

I	7
II	9
III	11
IV	14
V	22
VI	24
VII	28
VIII	31
IX	35
X	42
XI	44
XII	48
XIII	55
XIV	61
XV	66
XVI	69
XVII	73
XVIII	74
XIX	77
XX	79
XXI	81
XXII	85
XXIII	90
XXIV	95
XXV	102
XXVI	106
XXVII	110
XXVIII	113
XXIX	115
XXX	116
XXXI	119
XXXII	129
XXXIII	133
XXXIV	134
XXXV	137
XXXVI	139

I

Antes de iniciar este livro, imaginei construí-lo pela divisão do trabalho. Dirigi-me a alguns amigos, e quase todos consentiram de boa vontade em contribuir para o desenvolvimento das letras nacionais. Padre Silvestre ficaria com a parte moral e as citações latinas; João Nogueira aceitou a pontuação, a ortografia e a sintaxe; prometi ao Arquimedes a composição tipográfica; para a composição literária convidei Lúcio Gomes de Azevedo Gondim, redator e diretor do *Cruzeiro*. Eu traçaria o plano, introduziria na história rudimentos de agricultura e pecuária, faria as despesas e poria o meu nome na capa.

Estive uma semana bastante animado, em conferências com os principais colaboradores, e já via os volumes expostos, um milheiro[1] vendido graças aos elogios que, agora com a morte do Costa Brito, eu meteria na esfomeada *Gazeta*, mediante lambugem[2]. Mas o otimismo levou água na fervura[3], compreendi que não nos entendíamos.

João Nogueira queria o romance em língua de Camões, com períodos formados de trás para diante. Calculem.

1 De número mil.
2 Propina.
3 Apaziguou.

Padre Silvestre recebeu-me friamente. Depois da revolução de outubro, tornou-se uma fera, exige devassas[4] rigorosas e castigos para os que não usavam lenços vermelhos. Torceu-me a cara. E éramos amigos. Patriota. Está direito: cada qual tem as suas manias.

Afastei-o da combinação e concentrei as minhas esperanças em Lúcio Gomes de Azevedo Gondim, periodista de boa índole e que escreve o que lhe mandam.

Trabalhamos alguns dias. À tardinha, Azevedo Gondim entregava a redacção ao Arquimedes, trancava a gaveta onde guarda os níqueis e as pratas, tomava a bicicleta e, pedalando meia hora pela estrada de rodagem que ultimamente Casimiro Lopes andava a concertar com dois ou três homens, alcançava S. Bernardo. Comentava os telegramas dos jornais, atacava o governo, bebia um copo de conhaque que Maria das Dores lhe trazia e, sentindo-se necessário, comandava com submissão:

— Vamos a isso.

Íamos para o alpendre[5], mergulhávamos em cadeiras de vime e ajeitávamos o enredo, fumando, olhando as novilhas caracu[6] que pastavam no prado, embaixo, e mais longe, à entrada da mata, o telhado vermelho da serraria.

A princípio tudo correu bem, não houve entre nós nenhuma divergência. A conversa era longa, mas cada um prestava atenção às próprias palavras, sem ligar importância ao que o outro dizia. Eu por mim, entusiasmado com o assunto, esquecia constantemente a natureza do Gondim e chegava a considerá-lo uma espécie de folha de papel destinada a receber as ideias confusas que me fervilhavam na cabeça.

O resultado foi um desastre. Quinze dias depois do nosso primeiro encontro, o redator do Cruzeiro apresentou-me dois capítulos datilografados, tão cheios de besteiras que me zanguei:

4 Apurações.
5 Galpão; área coberta.
6 Raça bovina.

— Vá para o inferno, Gondim. Você acanalhou o troço. Está pernóstico[7], está safado, está idiota. Há lá ninguém que fale dessa forma!

Azevedo Gondim apagou o sorriso, engoliu em seco, apanhou os cacos da sua pequenina vaidade e replicou amuado que um artista não pode escrever como fala.

— Não pode? — perguntei com assombro. — E por quê?

Azevedo Gondim respondeu que não pode porque não pode.

— Foi assim que sempre se fez. A literatura é a literatura, seu Paulo. A gente discute, briga, trata de negócios naturalmente, mas arranjar palavras com tinta é outra coisa. Se eu fosse escrever como falo, ninguém me lia.

Levantei-me e encostei-me à balaustrada[8] para ver de perto o touro limousin[9] que Marciano conduzia ao estábulo. Uma cigarra começou a chiar. A velha Margarida veio vindo pelo paredão do açude[10], curvada em duas. Na torre da igreja uma coruja piou. Estremeci, pensei em Magdalena. Em seguida enchi o cachimbo:

— É o diabo, Gondim. O mingau virou água. Três tentativas falhadas em um mês! Beba conhaque, Gondim.

II

Abandonei a empresa, mas um dia destes ouvi novo pio de coruja — e iniciei a composição de repente, valendo-me dos meus próprios recursos e sem indagar se isto me traz qualquer vantagem, direta ou indireta.

Afinal, foi bom privar-me da cooperação de padre Silvestre, de João Nogueira e do Gondim. Há fatos que eu não revelaria, cara a cara, a ninguém. Vou narrá-los porque a obra será publicada com pseudônimo. E se souberem que o autor sou eu, naturalmente me chamarão potoqueiro[11].

7 Aquilo que faz uso de termos pouco conhecidos.
8 Corrimão.
9 Raça de gado bovino.
10 Barreira artificial; barragem.
11 Mentiroso.

Continuemos. Tenciono contar a minha história. Difícil. Talvez deixe de mencionar particularidades úteis, que me pareçam acessórias e dispensáveis. Também pode ser que, habituado a tratar com matutos[12], não confie suficientemente na compreensão dos leitores e repita passagens insignificantes. De resto, isto vai arranjado sem nenhuma ordem, como se vê. Não importa. Na opinião dos caboclos que me servem, todo o caminho dá na venda.

Aqui sentado à mesa da sala de jantar, fumando cachimbo e bebendo café, suspendo às vezes o trabalho moroso[13], olho a folhagem das laranjeiras que a noite enegrece, digo a mim mesmo que esta pena é um objeto pesado. Não estou acostumado a pensar. Levanto-me, chego à janela que deita para a horta. Casimiro Lopes pergunta se me falta alguma coisa.

— Não.

Casimiro Lopes acocora-se num canto. Volto a sentar-me, releio estes períodos chinfrins.

Ora vejam. Se eu possuísse metade da instrução de Madalena, encoivarava[14] isto brincando. Reconheço finalmente que aquela papelada tinha préstimo.

O que é certo é que, a respeito de letras, sou versado em estatística, pecuária, agricultura, escrituração mercantil, conhecimentos inúteis neste gênero. Recorrendo a eles, arrisco-me a usar expressões técnicas, desconhecidas do público, e a ser tido por pedante. Saindo daí, a minha ignorância é completa. E não vou, está claro, aos cinquenta anos, munir-me de noções que não obtive na mocidade.

Não obtive, porque elas não me tentavam e porque me orientei num sentido diferente. O meu fito[15] na vida foi apossar-me das terras de S. Bernardo, construir esta casa, plantar algodão, plantar mamona, levantar a serraria e o descaroçador, introduzir nestas brenhas[16] a pomicultura e a avicultura, adquirir um rebanho bovino regular. Tudo isso é fácil quando está terminado

12 Originais do campo.
13 Vagaroso.
14 Amontoar; reunir.
15 Objetivo; propósito.
16 Matas densas.

e embira-se[17] em duas linhas, mas para o sujeito que vai começar, olha os quatro cantos e não tem em que se pegue, as dificuldades são terríveis. Há também a capela, que fiz por insinuações de padre Silvestre.

Ocupado com esses empreendimentos, não alcancei a ciência do João Nogueira nem as tolices do Gondim. As pessoas que me lerem terão, pois, a bondade de traduzir isto em linguagem literária, se quiserem. Se não quiserem, pouco se perde. Não pretendo bancar escritor. É tarde para mudar de profissão. E o pequeno que ali está chorando necessita quem o encaminhe e lhe ensine as regras de bem viver.

— Então para que escreve?

— Sei lá!

O pior é que já estraguei diversas folhas e ainda não principiei.

— Maria das Dores, outra xícara de café.

Dois capítulos perdidos. Talvez não fosse mau aproveitar os do Gondim, depois de expurgados.

III

Começo declarando que me chamo Paulo Honório, peso oitenta e nove quilos e completei cinquenta anos pelo São Pedro. A idade, o peso, as sobrancelhas cerradas e grisalhas, este rosto vermelho e cabeludo, têm-me rendido muita consideração. Quando me faltavam estas qualidades, a consideração era menor.

Para falar com franqueza, o número de anos assim positivo e a data de São Pedro são convencionais: adoto-os porque estão no livro de assentamentos de batizados da freguesia. Possuo a certidão, que menciona padrinhos, mas não menciona pai nem mãe. Provavelmente eles tinham motivo para não desejarem ser conhecidos. Não posso, portanto, festejar com exatidão o meu aniversário. Em todo o caso, se houver diferença, não deve ser grande: mês a mais ou mês a menos. Isto não vale nada: acontecimentos importantes estão nas mesmas condições.

17 Uni-se.

Sou, pois, o iniciador de uma família, o que se por um lado me causa alguma decepção, por outro lado me livra da maçada[18] de suportar parentes pobres, indivíduos que de ordinário escorregam com uma sem-vergonhice da peste na intimidade dos que vão trepando.

Se tentasse contar-lhes a minha meninice, precisava mentir. Julgo que rolei por aí à toa. Lembro-me dum cego que me puxava as orelhas e da velha Margarida, que vendia doces. O cego desapareceu. A velha Margarida mora aqui em S. Bernardo, numa casinha limpa, e ninguém a incomoda. Custa-me dez mil réis por semana, quantia suficiente para compensar o bocado que me deu. Tem um século, e qualquer dia destes compro-lhe mortalha e mando enterrá-la perto do altar-mor[19] da capela.

Até os dezoito anos gastei muita enxada ganhando cinco tostões por doze horas de serviço. Aí pratiquei o meu primeiro ato digno de referência. Numa sentinela, que acabou em furdunço, abrequei[20] a Germana, cabritinha sarará[21] danadamente assanhada, e arrochei-lhe um beliscão retorcido na popa da bunda. Ela ficou-se mijando de gosto. Depois botou os quartos de banda[22] e enxeriu-se com o João Fagundes, um que mudou o nome para furtar cavalos. O resultado foi eu arrumar uns cocorote na Germana e esfaquear João Fagundes. Então o delegado de polícia me prendeu, levei uma surra de cipó de boi, tomei cabacinho[23] e estive de molho, pubo[24], três anos, nove meses e quinze dias na cadeia, onde aprendi leitura com o Joaquim sapateiro, que tinha uma bíblia miúda, dos protestantes.

Joaquim sapateiro morreu. Germana arruinou. Quando me soltaram, ela estava na vida, de porta aberta, com doença do mundo.

Nesse tempo eu não pensava mais nela, pensava em ganhar dinheiro. Tirei o título de eleitor, e seu Pereira, agiota e chefe político, emprestou-me cem mil-réis a juro de cinco por cento ao mês. Paguei os cem mil-réis e obti-

18 Golpe; bordoada.
19 Principal altar de uma igreja.
20 Segurei com firmeza.
21 Tipo de cabelo arruivado e crespo, característico da miscigenação brasileira.
22 Fugir de um compromisso.
23 Planta cujo chá se toma para remediar ferimentos.
24 Dolorido.

ve duzentos com o juro reduzido para três e meio por cento. Daí não baixou mais, e estudei aritmética para não ser roubado além da conveniência.

De bicho na capação (falando com pouco ensino), esperneei nas unhas do Pereira, que me levou músculo e nervo, aquele malvado. Depois vinguei-me: hipotecou-me a propriedade e tomei-lhe tudo, deixei-o de tanga. Mas isso foi muito mais tarde.

A princípio o capital se desviava de mim, e persegui-o sem descanso, viajando pelo sertão, negociando com redes, gado, imagens, rosários, miudezas, ganhando aqui, perdendo ali, marchando no fiado, assinando letras, realizando operações embrulhadíssimas[25]. Sofri sede e fome, dormi na areia dos rios secos, briguei com gente que fala aos berros e efetuei transações comerciais de armas engatilhadas. Está um exemplo. O dr. Sampaio comprou-me uma boiada, e na hora da onça beber água[26] deu-me com o cotovelo, ficou palitando os dentes. Andei, virei, mexi, procurei empenhos — e ele duro como beira de sino. Chorei as minhas desgraças: tinha obrigações em penca, aquilo não era trato, e tal, enfim, etc. O safado do velhaco, turuna[27], homem de facão grande no município dele, passou-me um esbregue[28]. Não desanimei: escolhi uns rapazes em Cancalancó e quando o doutor ia para a fazenda, caí-lhe em cima, de supetão. Amarrei-o, meti-me com ele na capoeira, estraguei-lhe os couros nos espinhos dos mandacarus, quipás, alastrados e rabos de raposa.

— Vamos ver quem tem roupa na mochila. Agora eu lhe mostro com quantos paus se faz uma canoa.

O doutor, que ensinou rato a furar almotolia[29], sacudiu-me a justiça e a religião.

— Que justiça! Não há justiça nem há religião. O que há é que o senhor vai espichar aqui trinta contos e mais os juros de seis meses. Ou paga ou eu mando sangrá-lo devagarinho.

25 Complicadíssimas.
26 Em momento decisivo.
27 Valente.
28 Advertência.
29 Fazer acontecer; superar.

Dr. Sampaio escreveu um bilhete à família e entregou-me no mesmo dia trinta e seis contos e trezentos. Casimiro Lopes foi o portador. Passei o recibo, agradeci e despedi-me:

— Obrigado, Deus o acrescente. Sinto muito ter-lhe causado incômodo. Adeus. E não me venha com a sua justiça, porque se vier, eu viro cachorro doido e o senhor morre na faca cega.

Não tornei a aparecer por aquelas bandas. Se tornasse, era um tiro de pé de pau na certa, a cara esfolada para não ser reconhecido quando me encontrassem com os dentes de fora, fazendo munganga ao sol, e a supressão da minha fortuna, que eu conduzia dentro de um chocalho grande, arrolhado com folhas e pendurado no arção da sela. Ali estava em segurança: se o dinheiro e as folhas caíssem, o chocalho tocava. Afinal, cansado daquela vida de cigano, voltei para a mata. Casimiro Lopes, que não bebia água na ribeira do Navio, acompanhou-me. Gosto dele. É corajoso, laça, rasteja, tem faro de cão e fidelidade de cão.

IV

Resolvi estabelecer-me aqui na minha terra, município de Viçosa, Alagoas, e logo planeei[30] adquirir a propriedade S. Bernardo, onde trabalhei, no eito[31], com salário de cinco tostões. Meu antigo patrão, Salustiano Padilha, que tinha levado uma vida de economias indecentes para fazer o filho doutor, acabara morrendo do estômago e de fome sem ver na família o título que ambicionava. Como quem não quer nada, procurei avistar-me com Padilha moço (Luís). Encontrei-o no bilhar, jogando bacará, completamente bêbedo. Está claro que o jogo é uma profissão, embora censurável, mas o homem que bebe jogando não tem juízo. Aperuei[32] meia hora e percebi que o rapaz era pexote[33] e estava sendo roubado descaradamente. Travei amizade com ele e em dois meses emprestei-lhe dois contos de réis, que ele sapecou depressa na orelha da sota[34] e em fo-

30 Planejei.
31 Na plantação.
32 Observar.
33 Aquele que joga mal.
34 Jogos de carta; expressão que se refere principalmente àqueles que são viciados em tais jogos.

lias de bacalhau e aguardente, com fêmeas ratuínas[35], no Pão-sem-Miolo. Vi essas maluqueiras bastante satisfeito, e quando um dia, de novo quebrado, ele me veio convidar para um São João na fazenda, afrouxei mais quinhentos mil-réis. Ao ver a letra, fingi desprendimento:

— Para que isso? Entre nós... Formalidades.

Mas guardei o papel.

Achei a propriedade em cacos: mato, lama e potó[36] como os diabos. A casa-grande tinha paredes caídas, e os caminhos estavam quase intransitáveis. Mas que terra excelente!

À noite, enquanto a negrada sambava, num forrobodó empestado, levantando poeira na sala, e a música de zabumba e pífanos tocava o hino nacional, Padilha andava com um lote de caboclas fazendo voltas em redor de um tacho de canjica, no pátio que os muçambês[37] invadiam. Tirei-o desse interessante divertimento:

— Por que é que você não cultiva S. Bernardo?

— Como? — perguntou Padilha esfregando os olhos por causa da fumaça e encostando-se a um mamoeiro que murchava ao calor do fogo.

— Tratores, arados, uma agricultura decente. Você nunca pensou? Quanto julga que isto rende, sendo bem aproveitado?

Luís Padilha revelou com a mão e com o beiço ignorância lastimável num proprietário e, sem ligar importância ao assunto, voltou às rodas interrompidas e às caboclas. Mas de madrugada, numa carraspana terrível, importunou-me gemendo palavras desconexas. A cada solavanco do carro de bois que nos conduzia à cidade, levantava a cabeça:

— Tudo rico, seu Paulo. Vai ser uma desgraceira.

Agarrava-se a um fueiro do carro e punha-se a vomitar. Depois pegava no sono para acordar agoniado e arrotando:

— Arados, não há nada como os arados.

35 De má qualidade; ordinárias.
36 Inseto que causa queimaduras na pele.
37 Planta típica do sertão nordestino.

Apareceu-me no dia seguinte, ainda com vestígios do pifão[38]:

— Seu Paulo Honório, venho consultá-lo. O senhor, homem prático...

— Às ordens.

— Creio que já lhe disse que resolvi cultivar a fazenda.

— Mais ou menos.

— Resolvi. Aquilo como está não convém. Produz bastante, mas poderá produzir muito mais. Com arados... O senhor não acha? Tenho pensado numa plantação de mandioca e numa fábrica de farinha, moderna. Que diz?

Burrice. Estragar terra tão fértil plantando mandioca!

— É bom.

E não prestei mais atenção ao caso, deixei que ele se entusiasmasse só e fosse discutir o seu projeto no Gurganema, à noite, ao som do violão. Realmente transformou-se. Nas pedras do Paraíba, com uma garrafa de cachaça, aperreava[39] os companheiros de farra, declamando sementes e adubos químicos. Tornou-se regularmente vaidoso, desejava aprender agronomia, e em pouco tempo a cidade inteira conheceu as plantações, as máquinas, a fábrica de farinha.

— Como vai a lavoura, Padilha?

A princípio respondia, depois compreendeu o ridículo e deu para se esquivar, magoado com as perfídias dos amigos.

— Selvagens! — rosnava aguentando as batotas no bacará. — Vamos para diante.

E a gente ficava sem saber se ele se referia aos parceiros que o pelavam[40] ou aos camaradas que mangavam[41] dele. Procurou-me e desabafou:

38 Embriaguez.
39 Aborrecia.
40 Que gostavam muito dele.
41 Caçoavam.

— Selvagens! Um empreendimento de vulto, o senhor está vendo, e esses burros vêm com picuinha. Aqui ninguém entende nada, seu Paulo, isto é um lugar infeliz. Aqui só se cogita de safadeza e pulhice[42].

Cheio de amargura, abalada a decisão dos primeiros dias, confessou-me que tinha tentado contrair um empréstimo com o Pereira.

— Cavalo! Fiz uma exposição minuciosa, demonstrei cabalmente que o negócio é magnífico. Não acreditou, disse que estava no pau da arara[43]. E eu calculei que talvez a transação lhe interessasse. Quer desembolsar aí uns vinte contos?

Examinei sorrindo aquele bichinho amarelo, de beiços delgados e dentes podres.

— Ó Padilha, gracejei, você já fechou cigarros?

Padilha comprava cigarros feitos.

— É mais cômodo, concordei, mas é mais caro. Pois, Padilha, se você tivesse fechado cigarros, sabia como é difícil enrolar um milheiro deles. Imagine agora que dá mais trabalho ganhar dez tostões que fechar um cigarro. E um conto de réis tem mil notas de dez tostões. Vinte contos de réis são vinte mil notas de dez tostões. Parece que você ignora isto. Fala em vinte contos assim com essa carinha, como se dinheiro fosse papel sujo. Dinheiro é dinheiro.

Padilha baixou a cabeça e resmungou amuado que sabia contar. Saiu, voltou outras vezes, insistindo.

— Eu sou capitalista, homem? Você quer-me arrasar?

Padilha rezingava e oferecia a hipoteca de S. Bernardo.

— Bobagem! S. Bernardo não vale o que um periquito rói. O Pereira tem razão. Seu pai esbagaçou a propriedade.

Afinal prometi vagamente:

— Está bem. Vou refletir.

No outro dia ainda estava refletindo:

42 Indecência.
43 Algo improvisado ou ilegal; incerto.

— Vamos ver, Padilha. Dinheiro é dinheiro.

Passei uma semana nesse jogo, colhendo informações sobre a idade, a saúde e a fortuna do velho Mendonça. Quando me decidi, sujeitos prudentes juraram que eu estava doido.

Padilha recebeu os vinte contos (menos o que me devia e os juros), comprou uma tipografia e fundou o *Correio de Viçosa*, folha política, noticiosa, independente, que teve apenas quatro números e foi substituída pelo *Grêmio Literário e Recreativo*. Azevedo Gondim elaborou os estatutos, e na primeira sessão de assembleia geral Padilha foi aclamado sócio benemérito[44] e presidente honorário perpétuo.

Relativamente à agricultura Luís Padilha acuou, esperando uns catálogos de máquinas, que nunca chegaram. Começou a fugir de mim. Se me encontrava, encolhia-se, fingia-se distraído, embicava o chapéu. No vencimento da primeira letra adoeceu. Fui visitá-lo e achei-o escondido na sala de jantar, jogando gamão com João Nogueira. Vendo-me, atrapalhou-se tanto que os dedos magros, queimados, de unhas roídas, tremiam chocalhando os dados.

Daí em diante encantou-se. Disseram-me que tinha ensebado as canelas[45] para S. Bernardo.

— Que estará fazendo por lá?

A última letra se venceu num dia de inverno. Chovia que era um deus nos acuda. De manhã cedinho mandei Casimiro Lopes selar o cavalo, vesti o capote e parti. Duas léguas em quatro horas. O caminho era um atoleiro sem fim. Avistei as chaminés do engenho do Mendonça e a faixa de terra que sempre foi motivo de questão entre ele e Salustiano Padilha. Agora as cercas de Bom-Sucesso iam comendo S. Bernardo.

Dirigi-me à casa-grande, que parecia mais velha e mais arruinada debaixo do aguaceiro. Os muçambês não tinham sido cortados. Apeei-me e entrei, batendo os pés com força, as esporas tinindo. Luís Padilha dormia na sala principal, numa rede encardida, insensível à chuva que açoitava

44 Pessoa ilustre, digna de receber louvores.
45 Tinha fugido.

as janelas e às goteiras que alagavam o chão. Balancei o punho da rede. O ex-diretor do *Correio de Viçosa* ergueu-se, atordoado:

— Por aqui? Como vai?

— Bem, agradecido.

Sentei-me num banco e apresentei-lhe as letras. Padilha, com um estremecimento de repugnância, mudou a vista:

— Eu tenho pensado nesse negócio, tenho pensado muito. Até perdi o sono. Ontem amanheci com vontade de lhe aparecer, para combinar. Mas não pude. Semelhante chuva...

— Deixemos a chuva.

— Estou em dificuldades sérias. Ia propor uma prorrogação com juros acumulados. Recurso não tenho.

— E a fábrica, os arados?

Luís Padilha respondeu ambiguamente:

— Um inverno deste esculhamba tudo. Recurso não tenho, mas o negócio está garantido. A prorrogação...

— Não vale a pena. Vamos liquidar.

— Ora liquidar! Já não lhe disse que não posso? Salvo se quiser aceitar a tipografia.

— Que tipografia! Você é besta?

— É o que tenho. Cada qual se remedeia com o que tem. Devo, não nego, mas como hei de pagar assim de faca no peito? Se me virarem hoje de cabeça para baixo, não cai do bolso um níquel. Estou liso.

— Isso não são maneiras, Padilha. Olhe que as letras se venceram.

— Mas se não tenho! Hei de furtar? Não posso, está acabado.

— Acabado o quê, meu sem-vergonha! Agora é que vai começar. Tomo-lhe tudo, seu cachorro, deixo-o de camisa e ceroula.

O presidente honorário perpétuo do *Grêmio Literário e Recreativo* assustou-se:

— Tenha paciência, seu Paulo. Com barulho ninguém se entende. Eu pago. Espere uns dias. A dívida só é ruim para quem deve.

— Não espero nem uma hora. Estou falando sério, e você com tolices! Despropósito não! Quer resolver o caso amigavelmente? Faça preço na propriedade.

Luís Padilha abriu a boca e arregalou os olhos miúdos. S. Bernardo era para ele uma coisa inútil, mas de estimação: ali escondia a amargura e a quebradeira, matava passarinhos, tomava banho no riacho e dormia. Dormia demais, porque receava encontrar o Mendonça.

— Faça o preço.

— Aqui entre nós — murmurou o desgraçado —, sempre desejei conservar a fazenda.

— Para quê? S. Bernardo é uma pinoia. Falo como amigo. Sim senhor, como amigo. Não tenciono ver um camarada com a corda no pescoço. Esses bacharéis têm fome canina, e se eu mandar o Nogueira tocar fogo na binga[46], você fica de saco nas costas. Despesa muita, Padilha. Faça preço.

Debatemos a transação até o lusco-fusco[47]. Para começar, Luís Padilha pediu oitenta contos.

— Você está maluco! Seu pai dava isto ao Fidélis por cinquenta. E era caro. Hoje que o engenho caiu, o gado dos vizinhos rebentou as porteiras, as casas são taperas, o Mendonça vai passando as unhas nos babados...

Perdi o fôlego. Respirei e ofereci trinta contos. Ele baixou para setenta e mudamos de conversa. Quando tornamos à barganha, subi a trinta e dois. Padilha fez abate para sessenta e cinco e jurou por Deus do céu que era a última palavra. Eu também asseverei[48] que não pingava mais um vintém, porque não valia. Mas lancei trinta e quatro. Padilha, por camaradagem, consentiu em receber sessenta. Discutimos duas horas, repetindo os mesmos embelecos[49], sem nenhum resultado.

46 Isqueiro.
47 Anoitecer.
48 Afirmei.
49 Empecilho.

Resolvi discorrer sobre as minhas viagens ao sertão. Depois, com indiferença, insisti nos trinta e quatro contos e obtive modificação para cinquenta e cinco. Mostrei generosidade: trinta e cinco. Padilha endureceu nos cinquenta e cinco, e eu injuriei-o, declarei que o velho Salustiano tinha deitado fora o dinheiro gasto com ele, no colégio.

Cheguei a ameaçá-lo com as mãos. Recuou para cinquenta. Avancei para quarenta e afirmei que estava roubando a mim mesmo. Nesse ponto cada um puxou para o seu lado. Finca-pé[50]. Chamei em meu auxílio o Mendonça, que engolia a terra, o oficial de justiça, a avaliação e as custas. O infeliz, apavorado, desceu a quarenta e oito. Arrependi-me de haver arriscado quarenta: não valia, era um roubo. Padilha escorregou a quarenta e cinco. Firmei-me nos quarenta. Em seguida roí a corda:

— Muito por baixo. Pindaíba.

Descontado o que ele me devia, o resto seria dividido em letras. Padilha endoideceu: chorou, entregou-se a Deus e desmanchou o que tinha feito. Viesse o advogado, viesse a justiça, viesse a polícia, viesse o diabo. Tomassem tudo. Um fumo para o acordo! Um fumo para a lei!

— Eu me importo com lei? Um fumo!

Tinha meios. Perfeitamente, não andava com a cara para trás. Tinha meios. Ia à tribuna da imprensa, reclamar os seus direitos, protestar contra o esbulho. Afetei comiseração[51] e prometi pagar com dinheiro e com uma casa que possuía na rua. Dez contos. Padilha botou sete contos na casa e quarenta e três em S. Bernardo. Arranquei-lhe mais dois contos: quarenta e dois pela propriedade e oito pela casa. Arengamos ainda meia hora e findamos o ajuste. Para evitar arrependimento, levei Padilha para a cidade, vigiei-o durante a noite. No outro dia, cedo, ele meteu o rabo na ratoeira e assinou a escritura. Deduzi a dívida, os juros, o preço da casa, e entreguei-lhe sete contos quinhentos e cinquenta mil-réis. Não tive remorsos.

50 Com determinação.
51 Compaixão.

V

— O senhor andou mal adquirindo a propriedade sem me consultar — gritou Mendonça, do outro lado da cerca.

— Por quê? O antigo proprietário não era maior?

— Sem dúvida — respondeu Mendonça, avançando as barbas brancas e o nariz curvo. — Mas o senhor devia ter-se informado antes de comprar questão.

— Eu por mim não desejo questionar. Creio que nos entendemos.

— Depende do senhor. Os limites atuais são provisórios, já sabe? É bom esclarecermos isto. Cada qual no que é seu. Não vale a pena consertar a cerca. Eu vou derrubá-la para acertarmos onde deve ficar.

Ponderei ao velho Mendonça que ele já tinha encolhido muito as terras de S. Bernardo. Pedi-lhe que mostrasse os seus papéis. Não sendo possível acordo, era melhor vir o advogado e vir o agrimensor.

— Ótimo! Arranjava-se com os tabeliães e metia-me no bolso. Mas eu não vou nisso. Derruba-se a cerca.

Contei rapidamente os caboclos que iam com ele, contei os meus e asseverei que a cerca não se derrubava. Explicações, com bons modos, sim; gritos não.

E abrandei, meio arrependido, porque não me convinha uma briga com Mendonça, homem reimoso[52]. O que eu não queria era baixar a crista logo no primeiro encontro.

Casimiro Lopes deu um passo; toquei-lhe no ombro e ele recuou. Mendonça compreendeu a situação, passou a tratar-me com amabilidade excessiva. Paguei na mesma moeda, e como ele precisasse de uns cedros que havia perto de Bom-Sucesso, ofereci-lhe os cedros. Recusou, propôs trocá-los por novilhas zebus. Declarei que não tencionava criar gado indiano, falei com entusiasmo sobre o limousin e o Schwitz. Men-

52 Rabugento.

donça desdenhava as raças finas, que comem demais e não aguentam o carrapato: engordava garrotes para açougue.

Insisti no oferecimento da madeira, e ele estremeceu. A nossa conversa era seca, em voz rápida, com sorrisos frios. Os caboclos estavam desconfiados. Eu tinha o coração aos baques e avaliava as consequências daquela falsidade toda. Mendonça coçava a barba.

— Relativamente aos limites, julgo que podemos resolver isso depois, com calma.

— Perfeitamente — concordou Mendonça.

Despedimo-nos. Continuei a estirar o arame farpado e a substituir os grampos velhos por outros novos. Mendonça, de longe, ainda se virou, sorrindo e pregando-me os olhos vermelhos.

À tarde, quando voltei para casa, Casimiro Lopes acompanhou-me, carrancudo. Como eu não dissesse nada, tossiu, parou. Encostei-me a um limoeiro e espalhei ideias ruins que me perseguiam:

— Amanhã traga quatro homens, venha aterrar este charco. E limpe aqui o riacho para as águas não entrarem na várzea.

— Só?

Pensei que, em vez de aterrar o charco, era melhor mandar chamar mestre Caetano para trabalhar na pedreira. Mas não dei contraordem, coisa prejudicial a um chefe.

— Só? — tornou a perguntar Casimiro Lopes.

Apanhei o pensamento que lhe escorregava pelos cabelos emaranhados, pela testa estreita, pelas maçãs enormes e pelos beiços grossos. Talvez ele tivesse razão. Era preciso mexer-me com prudência, evitar as moitas, ter cuidado com os caminhos. E aquela casa esburacada, de paredes caídas...

Decidi convidar mestre Caetano e cavouqueiros.

Diabo! Agitei a cabeça e afastei um plano mal esboçado.

— Por enquanto, só.

VI

Naquele segundo ano houve dificuldades medonhas. Plantei mamona e algodão, mas a safra foi ruim, os preços baixos, vivi meses aperreado, vendendo macacos e fazendo das fraquezas forças para não ir ao fundo. Trabalhava danadamente, dormindo pouco, levantando-me às quatro da manhã, passando dias ao sol, à chuva, de facão, pistola e cartucheira[53], comendo nas horas de descanso um pedaço de bacalhau assado e um punhado de farinha. À noite, na rede, explicava pormenores do serviço a Casimiro Lopes. Ele acocorava-se na esteira e, apesar da fadiga, ouvia atento. Às vezes Tubarão ladrava lá fora e nós aguçávamos o ouvido.

Uma feita[54] distinguimos passos em redor da casa. Olhei por uma fresta na parede. A escuridão era grande, mas percebi um vulto. E as pisadas continuaram. O cachorro latiu e rosnou.

— Mais esta! — cochichou Casimiro Lopes.

No dia seguinte visitei Mendonça, que me recebeu inquieto. Conversamos sobre tudo, especialmente sobre votos. Dirigi amabilidades às filhas dele, duas solteironas, e lamentei a morte da mulher, excelente pessoa, caridosa, amiga de servir, sim senhor. Mendonça, espantado, perguntou onde eu tinha visto d. Alexandrina.

— Faz tempo. Fui morador do velho Salustiano. Arrastei a enxada, no eito.

As moças acanharam-se, mas o pai achou que eu procedia com honestidade, revelando francamente a minha origem. Depois queixou-se dos vizinhos (nenhum se dava com ele).

— Há por aí umas pestes que principiaram como o senhor e arrotam importância. Trabalhar não é desonra. Mas se eu tivesse nascido na poeira, por que havia de negar?

Tentou envergonhar-me:

— Trabalhador alugado, hem? Não se incomode. O Fidélis, que hoje é senhor de engenho, e conceituado, furtou galinhas.

53 Objeto que se prende à cintura para manter cartuchos de arma de fogo.
54 Oportunidade.

Enquanto ele tesourava o próximo, observei-o. Pouco a pouco ia perdendo os sinais de inquietação que a minha presença lhe tinha trazido. Parecia à vontade catando os defeitos dos vizinhos e esquecido do resto do mundo, mas não sei se aquilo era tapeação. Eu me insinuava, discutindo eleições. É possível, porém, que não conseguisse enganá-lo convenientemente e que ele fizesse comigo o jogo que eu fazia com ele. Sendo assim, acho que representou bem, pois cheguei a capacitar-me de que ele não desconfiava de mim. Ou então quem representou bem fui eu, se o convenci de que tinha ido ali politicar. Se ele pensou isso, era doido. Provavelmente não pensou. Talvez tenha pensado depois de iludir-se e julgar que estava sendo sincero. Foi o que me sucedeu. Repetindo as mesmas palavras, os mesmos gestos, e ouvindo as mesmas histórias, acabei gostando do proprietário de Bom-Sucesso.

Continuava a observá-lo, mas a observação era instintiva. Despertou. Bocejando, mostrando os caninos amarelos e pontudos, Mendonça bateu palmas e esfarelou um mosquito. Mosquito como bala! Tinha passado uma noite horrível.

Respondi que havia dormido como pedra. Os pântanos em S. Bernardo estavam aterrados, não restava um mosquito para remédio. Arrependi-me de ter falado precipitadamente. Mendonça examinou-me de través, e suponho que não ficou satisfeito. Tornou a referir-se à noite de insônia, e eu repeti que tinha dormido. Pouco seguro, com a cara mexendo. Naturalmente ele compreendeu que era mentira.

Cada um de nós mentiu estupidamente. Empurrei de novo na palestra a minha vida de trabalhador. Resultado medíocre: as moças cochilaram e Mendonça estirou o beiço[55].

Um caboclo mal-encarado entrou na sala. Mendonça franziu a testa. Quis despedir-me; receei, porém, que o momento fosse impróprio e conservei-me sentado, esperando modificar a impressão desagradável que produzia. As moças me achavam maçador[56], evidentemente.

— Se o inverno vindouro for como este, desgraça-se tudo: isto vira lama e não nasce um pé de mandioca.

55 Comunicou-se por meio de gestos e voz enérgicos.
56 Maçante.

— Decerto — concordou Mendonça, visivelmente aporrinhado com o caboclo, que me olhava tranquilo, sem levantar a cabeça.

— Pois até logo — exclamei de chofre. — A eleição domingo, hem? Entendido. Mato um... (Ia dizer um boi. Moderei-me: todo o mundo sabia que eu tinha meia dúzia de eleitores) um carneiro. Um carneiro é bastante, não? Está direito. Até domingo.

E saí, descontente. Creio que foi mais ou menos o que aconteceu. Não me lembro com precisão.

Atravessei o pátio e entrei no atalho que ia ter a S. Bernardo. Que vergonha! Tomar a terra dos outros e deixá-la com aquelas veredas indecentes, cheias de camaleões, o mato batendo no rosto de quem passava!

Percorri a zona da encrenca. A cerca ainda estava no ponto em que eu a tinha encontrado no ano anterior. Mendonça forcejava por avançar, mas continha-se; eu procurava alcançar os limites antigos, inutilmente. Discórdia séria só esta: um moleque de S. Bernardo fizera mal à filha do mestre de açúcar de Mendonça, e Mendonça, em consequência, metera o alicate no arame; mas eu havia consertado a cerca e arranjado o casamento do moleque com a cabrochinha[57].

Dei uma vista no algodoal[58] e encaminhei-me ao paredão do açude. Poucos trabalhadores. Subi a colina. Tinham-se concluído os alicerces desta nossa casa, as paredes começavam a elevar-se. De repente um tiro. Estremeci. Era na pedreira, que mestre Caetano escavacava[59] lentamente, com dois cavouqueiros. Outro tiro, ruim: pedra miúda voando.

Quando se acabariam aqueles serviços moles? Desgraçadamente faltavam-me recursos para atacá-los firme. Assim mesmo, lidando com pessoal escasso, às vezes na sexta-feira eu não sabia onde buscar dinheiro para pagar as folhas no sábado.

Fiz algumas perguntas ao pedreiro. Um pedreiro só. As paredes tinham um metro de altura. Se eu empregasse muitos operários, as obras sairiam mais baratas. O paredão do açude não ia para a frente, acuava. E

57 Filha de pais de diferentes etnias.
58 Plantação de algodão.
59 Tirava a terra.

a pedreira, onde uns vultos miudinhos se moviam, era como se em seis meses de trabalho não tivesse sido desfalcada.

Um carro de bois passou lá embaixo; outro carro de bois veio vindo, carregado de tijolos.

Onde andaria a velha Margarida? Seria bom encontrar a velha Margarida e trazê-la para S. Bernardo. Devia estar pegando um século, pobre da negra.

Demorei-me até que os serventes lavaram as colheres e guardaram as ferramentas. Fiquei só. Os homens da lavoura e os do açude foram debandando também.

Mais tiros na pedreira, os últimos. Pensei no Mendonça. Canalha. Do lado de cá da cerca o algodão pintava, a mamona crescia nos aceiros da roça; do lado de lá, sapé e espinho. Quantas braças de terra aquele malandro tinha furtado! Felizmente estávamos em paz. Aparentemente. De qualquer forma, era-me necessário caminhar depressa.

Desci a ladeira e fui jantar. Enquanto jantava, falei em voz baixa a Casimiro Lopes, a princípio com panos mornos, depois delineando um projeto. Casimiro Lopes desviou-se dos panos mornos e colaborou no projeto.

Deixei o negócio entabulado, fechei as portas e escrevi algumas cartas aos bancos da capital e ao governador do Estado. Aos bancos solicitei empréstimos, ao governador comuniquei a instalação próxima de numerosas indústrias e pedi a dispensa de imposto sobre os maquinismos que importasse. A verdade é que os empréstimos eram improváveis e eu não imaginava a maneira de pagar os maquinismos. Mas havia-me habituado a considerá-los meio comprados.

Em seguida consultei o Aprendizado Agrícola da Satuba relativamente à possível aquisição de um bezerro limousin. Quando ia terminando, ouvi pisadas em redor da casa. Levantei-me e olhei pela fresta. Lá estava um tipo dando estalos com os dedos, enganando o Tubarão. Reparando, julguei reconhecer o freguês carrancudo que tinha entrado na sala do Mendonça. Abandonei a espreita e chamei Casimiro Lopes, que me substituiu. Deitei-me pensando em mestre Caetano e na pedreira. Marretas, alavancas, aço para broca, pólvora, estopim.

— Gente de lá — murmurou Casimiro Lopes, balançando o punho da rede.

— Com certeza.

No outro dia, sábado, matei o carneiro para os eleitores. Domingo à tarde, de volta da eleição, Mendonça recebeu um tiro na costela mindinha e bateu as botas ali mesmo na estrada, perto de Bom-Sucesso. No lugar há hoje uma cruz com um braço de menos.

Na hora do crime eu estava na cidade, conversando com o vigário a respeito da igreja que pretendia levantar em S. Bernardo. Para o futuro, se os negócios corressem bem.

— Que horror! — exclamou padre Silvestre quando chegou a notícia.
— Ele tinha inimigos?

— Se tinha! Ora se tinha! Inimigo como carrapato. Vamos ao resto, padre Silvestre. Quanto custa um sino?

VII

Por esse tempo, encontrei em Maceió, chupando uma barata[60] na *Gazeta do Brito*, um velho alto, magro, curvado, amarelo, de suíças[61], chamado Ribeiro. Via-se perfeitamente que andava com fome. Simpatizei com ele e, como necessitava um guarda-livros[62], trouxe-o para S. Bernardo. Dei-lhe alguma confiança e ouvi a sua história, que aqui reproduzo pondo os verbos na terceira pessoa e usando quase a linguagem dele.

Seu Ribeiro tinha setenta anos e era infeliz, mas havia sido moço e feliz. Na povoação onde ele morava os homens descobriam-se ao avistá-lo e as mulheres baixavam a cabeça e diziam:

— Louvado seja Nosso Senhor Jesus Cristo, seu major.

Quando alguém recebia cartas, ia pedir-lhe a tradução delas. Seu Ribeiro lia as cartas, conhecia os segredos, era considerado e major. Se

60 Passando por uma situação ruim.
61 Barba presente apenas nas laterais da face.
62 Técnico em contabilidade.

dois vizinhos brigavam por terra, seu Ribeiro chamava-os, estudava o caso, traçava as fronteiras e impedia que os contendores se grudassem.

Todos acreditavam na sabedoria do major. Com efeito, seu Ribeiro não era inocente: decorava leis, antigas, relia jornais, antigos, e, à luz da candeia de azeite, queimava as pestanas sobre livros que encerravam palavras misteriosas de pronúncia difícil. Se se divulgava uma dessas palavras esquisitas, seu Ribeiro explicava a significação dela e aumentava o vocabulário da povoação.

Os outros homens, sim, eram inocentes.

Acontecia às vezes que uma dessas criaturas inocentes aparecia morta a cacete ou a faca. Seu Ribeiro, que era justo, procurava o matador, amarrava-o, levava-o para a cadeia da cidade. E a família do defunto ficava sob a proteção do major.

Também acontecia que uma sujeitinha começava a chorar e acabava confessando que estava pejada[63]. Seu Ribeiro descobria o sedutor, chamava o padre, e o casamento se realizava na capela da povoação. Nascia um menino — e seu Ribeiro era o padrinho.

O major decidia, ninguém apelava. A decisão do major era um prego. Não havia soldados no lugar, nem havia juiz. E como o vigário residia longe, a mulher de seu Ribeiro rezava o terço e contava histórias de santos às crianças. É possível que nem todas as histórias fossem verdadeiras, mas as crianças daquele tempo não se preocupavam com a verdade.

Seu Ribeiro tinha família pequena e casa grande. A casa estava sempre cheia. Os algodoais do major eram grandes também. Nas colheitas a população corria para eles. E os pretos não sabiam que eram pretos, e os brancos não sabiam que eram brancos.

Na verdade seu Ribeiro infundia respeito. Se havia barulho na feira, levantava o braço e gritava:

— Quem for meu me acompanhe.

E a feira se desmanchava, o barulho findava, todo o mundo seguia o major porque todo o mundo era do major.

[63] Grávida.

Nas noites de São João uma fogueira enorme iluminava a casa de seu Ribeiro. Havia fogueiras diante das outras casas, mas a fogueira do major tinha muitas carradas de lenha. As moças e os rapazes andavam em redor dela, de braço dado. Assava-se milho verde nas brasas e davam-se tiros medonhos de bacamarte[64]. O major possuía um bacamarte, mas o bacamarte só se desenferrujava pelos festejos de São João.

Ora, essas coisas se passaram antigamente. Mudou tudo. Gente nasceu, gente morreu, os afilhados do major cresceram e foram para o serviço militar, em estrada de ferro.

O povoado transformou-se em vila, a vila transformou-se em cidade, com chefe político, juiz de direito, promotor e delegado de polícia.

Trouxeram máquinas — e a bolandeira[65] do major parou.

Veio o vigário, que fechou a capela e construiu uma igreja bonita. As histórias dos santos morreram na memória das crianças.

Chegou o médico. Não acreditava nos santos. A mulher de seu Ribeiro entristeceu, emagreceu e finou-se.

O advogado abriu consultório, a sabedoria do major encolheu-se — e surgiram no foro numerosas questões.

Efetivamente a cidade teve um progresso rápido. Muitos homens adotaram gravatas e profissões desconhecidas. Os carros de bois deixaram de chiar nos caminhos estreitos. O automóvel, a gasolina, a eletricidade e o cinema. E impostos.

As moças e os rapazes não rodeavam, de braço dado, as fogueiras de São João: dançavam o tango, no frevo.

Um dia seu Ribeiro reconheceu que vivia numa casa grande demais. Vendeu-a e adquiriu outra, pequena. Como havia agora liberdade excessiva, a autoridade dele foi minguando, até desaparecer. Seu Ribeiro tinha um filho, que jogava futebol, e uma filha, que usava fitas, muitas fitas. Acharam o lugar atrasado e fugiram.

64 Arma de fogo antiga de cano curto e largo.
65 Máquina industrial que trabalha o algodão ou outras matérias-primas.

Seu Ribeiro escondeu-se, cheio de vergonha. Amofinou-se[66] uma semana, desfez-se dos cacarecos e foi procurar os filhos. Não os encontrou: andavam por aí, ela pelas fábricas, ele no exército. Seu Ribeiro enraizou-se na capital. Conheceu enfermarias de indigentes, dormiu nos bancos dos jardins, vendeu bilhetes de loterias, tornou-se bicheiro[67] e agente de sociedades ratoeiras. Ao cabo de dez anos era gerente e guarda-livros da *Gazeta*, com cento e cinquenta mil-réis de ordenado, e pedia dinheiro aos amigos. Quando o velho acabou de escorrer a sua narrativa, exclamei:

— Tenho a impressão de que o senhor deixou as pernas debaixo de um automóvel, seu Ribeiro. Por que não andou mais depressa? É o diabo.

VIII

O caboclo mal-encarado que encontrei um dia em casa do Mendonça também se acabou em desgraça. Uma limpeza. Essa gente quase nunca morre direito. Uns são levados pela cobra, outros pela cachaça, outros matam-se.

Na pedreira perdi um. A alavanca soltou-se da pedra, bateu-lhe no peito, e foi a conta. Deixou viúva e órfãos miúdos. Sumiram-se: um dos meninos caiu no fogo, as lombrigas comeram o segundo, o último teve angina[68] e a mulher enforcou-se.

Para diminuir a mortalidade e aumentar a produção, proibi a aguardente.

Concluiu-se a construção da casa nova. Julgo que não preciso descrevê-la. As partes principais apareceram ou aparecerão; o resto é dispensável e apenas pode interessar aos arquitetos, homens que provavelmente não lerão isto. Ficou tudo confortável e bonito. Naturalmente deixei de dormir em rede. Comprei móveis e diversos objetos que entrei a utilizar com receio, outros que ainda hoje não utilizo, porque não sei para que servem.

66 Aborreceu-se.
67 Pessoa cuida das apostas no Jogo do Bicho.
68 Afecção inflamatória que atinge a garganta e faringe, dificultando a deglutição e até mesmo a respiração.

Aqui existe um salto de cinco anos, e em cinco anos o mundo dá um bando de voltas.

Ninguém imaginará que, topando os obstáculos mencionados, eu haja procedido invariavelmente com segurança e percorrido, sem me deter, caminhos certos. Não senhor, não procedi nem percorri. Tive abatimentos, desejo de recuar; contornei dificuldades: muitas curvas. Acham que andei mal? A verdade é que nunca soube quais foram os meus atos bons e quais foram os maus. Fiz coisas boas que me trouxeram prejuízo; fiz coisas ruins que deram lucro. E como sempre tive a intenção de possuir as terras de S. Bernardo, considerei legítimas as ações que me levaram a obtê-las.

Alcancei mais do que esperava, mercê de Deus. Vieram-me as rugas, já se vê, mas o crédito, que a princípio se esquivava, agarrou-se comigo, as taxas desceram. E os negócios desdobraram-se automaticamente. Automaticamente. Difícil? Nada! Se eles entram nos trilhos, rodam que é uma beleza. Se não entram, cruzem os braços. Mas se virem que estão de sorte, metam o pau: as tolices que praticarem viram sabedoria. Tenho visto criaturas que trabalham demais e não progridem. Conheço indivíduos preguiçosos que têm faro: quando a ocasião chega, desenroscam-se, abrem a boca — e engolem tudo.

Eu não sou preguiçoso. Fui feliz nas primeiras tentativas e obriguei a fortuna a ser-me favorável nas seguintes.

Depois da morte do Mendonça, derrubei a cerca, naturalmente, e levei-a para além do ponto em que estava no tempo de Salustiano Padilha. Houve reclamações.

— Minhas senhoras, seu Mendonça pintou o diabo enquanto viveu. Mas agora é isto. E quem não gostar, paciência, vá à justiça.

Como a justiça era cara, não foram à justiça. E eu, o caminho aplainado, invadi a terra do Fidélis, paralítico de um braço, e a dos Gama, que pandegavam no Recife, estudando direito. Respeitei o engenho do dr. Magalhães, juiz. Violências miúdas passaram despercebidas. As questões mais sérias foram ganhas no foro, graças às chicanas[69] de João Nogueira.

69 Argumentos baseados em pontos irrelevantes, gerando contestações desnecessárias.

SÃO BERNARDO

Efetuei transações arriscadas, endividei-me, importei maquinismos e não prestei atenção aos que me censuravam por querer abarcar o mundo com as pernas. Iniciei a pomicultura e a avicultura. Para levar os meus produtos ao mercado, comecei uma estrada de rodagem. Azevedo Gondim compôs sobre ela dois artigos, chamou-me patriota, citou Ford e Delmiro Gouveia. Costa Brito também publicou uma nota na *Gazeta*, elogiando-me e elogiando o chefe político local. Em consequência mordeu-me cem mil-réis.

Não obstante essa propaganda, as dificuldades surgiram. Enquanto estive esburacando S. Bernardo, tudo andou bem; mas quando varei quatro ou cinco propriedades, caiu-me em cima uma nuvem de marimbondos. Perdi dois caboclos e levei um tiro de emboscada. Ferimento leve, tenho a cicatriz no ombro. Exasperado, mandei mais cem mil-réis a Costa Brito e procurei João Nogueira e Gondim:

— Desorientem essas cavalgaduras. Olhem que estou fazendo obra pública e não cobro imposto. É uma vergonha. O município devia auxiliar-me. Fale com o prefeito, dr. Nogueira. Veja se ele me arranja umas barricas de cimento para os mata-burros[70].

Não recebi o cimento, mas construí os mata-burros. Como os meus planos eram volumosos e adotei processos irregulares, as pessoas comodistas julgaram-me doido e deixaram-me em paz. Tive por esse tempo a visita do governador do Estado. Fazia três anos que o açude estava concluído — burrice, na opinião do Fidélis.

— Para que açude onde corre um riacho que não seca?

Realmente parecia não servir. Mas saiu dali, numa levada, a água que foi movimentar as máquinas do descaroçador e da serraria.

O governador gostou do pomar, das galinhas Orpington, do algodão e da mamona, achou conveniente o gado limousin, pediu-me fotografias e perguntou onde ficava a escola. Respondi que não ficava em parte nenhuma. No almoço, que teve champanhe, o dr. Magalhães gemeu um

70 Fosso coberto com tábuas de madeira ligeiramente afastadas umas das outras, que impedindo a passagem dos animais.

discurso. S. Ex.ª tornou a falar na escola. Tive vontade de dar uns apartes, mas contive-me.

Escola! Que me importava que os outros soubessem ler ou fossem analfabetos?

— Esses homens de governo têm um parafuso frouxo. Metam pessoal letrado na apanha da mamona. Hão de ver a colheita.

Levantando-se da mesa, Padilha, de olho vidrado, pediu-me em voz baixa cinquenta mil-réis.

— Nem um tostão.

E fui mostrar ao ilustre hóspede a serraria, o descaroçador e o estábulo. Expliquei em resumo a prensa, o dínamo[71], as serras e o banheiro carrapaticida. De repente supus que a escola poderia trazer a benevolência do governador para certos favores que eu tencionava solicitar.

— Pois sim senhor. Quando V. Ex.ª vier aqui outra vez, encontrará essa gente aprendendo cartilha.

Mais tarde, enquanto dos alicerces da igreja olhávamos a paisagem, chamei de parte o advogado:

— Ó, dr. Nogueira, mande-me cá o Padilha amanhã. Preciso falar com ele, mas esse desgraçado nem se aguenta nas pernas. Não se esqueça, ouviu? Amanhã, quando ele curtir o pileque[72]. S. Ex.ª despediu-se, e aquela data ficou célebre. Os automóveis rolaram na estrada. Olhando a nuvem de poeira que levantavam, esfreguei as mãos:

— Com os diabos! Esta visita me traz uma penca de vantagens. Um capital. Quero ver quanto rende.

A verdade é que, aparentando segurança, eu andava assustado com os credores. Ia bem, sem dúvida, o ativo era superior ao passivo, mas se aqueles malvados quisessem, capavam-me. Agora os receios diminuíam. A escola seria um capital. Os alicerces da igreja eram também capital.

Continuei a esfregar as mãos. Com os diabos!

71 Dínamo
72 Embebedar-se.

E decidi proteger as Mendonça. A minha prosperidade começara depois da morte do pai delas. Naquele tempo algumas braças de massapê[73] valiam muito para mim. Ninharia o massapê.

Senti pena das Mendonça. Mandaria no dia seguinte dar uma limpa no algodão de Bom-Sucesso, enfezado, coberto de mato. Muito por baixo, as Mendonça. O pai era safado, mas que culpa tinham as pobres? Resolvi abrir o olho para que vizinhos sem escrúpulos não se apoderassem do que era delas. Mulheres quase nunca se defendem. Pois se qualquer daqueles patifes tentasse prejudicá-las, estava embrulhado comigo.

IX

No outro dia, de volta do campo, encontrei no alpendre João Nogueira, Padilha e Azevedo Gondim elogiando umas pernas e uns peitos. Elevaram a conversa.

— Mulher educada — afirmou João Nogueira. — Instruída.

— E sisuda — acrescentou Azevedo Gondim.

Padilha não achou qualidade que se comparasse aos peitos e às pernas.

— Realmente — murmurou esgaravatando as unhas com um fósforo.

João Nogueira lembrou-se de que era homem de responsabilidades. Bacharel, mais de quarenta anos, uma calvície respeitável. Às vezes metia-se em badernas. Mas com os clientes só negócios. E a mim, que lhe dava quatro contos e oitocentos por ano para ajudar-me com leis a melhorar S. Bernardo, exibia ideias corretas e algum pedantismo. Eu tratava-o por doutor: não poderia tratá-lo com familiaridade. Julgava-me superior a ele, embora possuindo menos ciência e menos manha. Até certo ponto parecia-me que as habilidades dele mereciam desprezo. Mas eram úteis — e havia entre nós muita consideração.

— Acompanhamos o nosso Padilha — disse Nogueira.

Viemos andando. Como o passeio era agradável, com a fresca da tarde, cheguei cá, para consultá-lo.

73 Terras propícias para o cultivo de cana-de-açúcar.

Convidei-o silenciosamente olhando uma janela por onde se viam, sobre livros de escrituração, as suíças brancas e os óculos de seu Ribeiro. Entramos no escritório. Estávamos em princípio de mês. Abri o cofre e entreguei ao advogado duas pelegas[74] de duzentos. Seu Ribeiro tremeu no borrador um lançamento circunstanciado e afastou-se discretamente. João Nogueira sentou-se, passou o recibo, tirou papéis da pasta e explicou-me o estado de vários processos. Logo no primeiro convenci-me de que os quatrocentos mil-réis tinham sido gastos com proveito. Os outros também iam em bom caminho. O tabelião é que não inspirava confiança. E o oficial de justiça. Arame.

— Claro. Faça promessas, dr. Nogueira. Não adiante um vintém. Prometa. O pagamento no fim, se eles forem honestos.

Inteirei-me de particularidades pouco interessantes, dei umas instruções a seu Ribeiro e voltamos ao alpendre, onde Luís Padilha tinha recomeçado com Azevedo Gondim os elogios às pernas.

— De quem são as pernas?

— Da Madalena, respondeu Gondim.

— Quem?

— Uma professora. Não conhece? Bonita.

— Educada, atalhou João Nogueira.

— Bonita — disse outra vez Gondim. Uma lourinha, aí de uns trinta anos.

— Quantos? — perguntou João Nogueira.

— Uns trinta, pouco mais ou menos.

— Vinte, se tanto.

— É porque você não viu de perto — interrompeu Gondim. Se tivesse visto, não sustentava semelhante barbaridade.

— Como não? Vi muito de perto, em casa do Magalhães, no aniversário da Marcela. Tem vinte.

— É porque você viu à noite. De manhã é diferente. Tem trinta.

74 Dinheiro em notas.

Padilha, observando com tristeza as novilhas que pastavam no capim-gordura, à margem do riacho, e o açude, onde patos nadavam, suspirou e propôs vinte e cinco:

— É o que ela tem. Vinte e cinco.

Estirei os braços, fatigado de haver passado o dia inteiro ao sol, brigando com os trabalhadores.

— Muito bem, Padilha, vinte e cinco para acabar. Vocês jantam, não jantam? Voltam no automóvel. Preciso falar com você, Padilha.

Luís Padilha tinha recebido o recado e desde a véspera remexia o quengo[75], curioso.

— É isto. Creio que estou com vontade de abrir uma escola.

— Magnífico! — exclamou Azevedo Gondim com um sorriso que lhe achatou mais o nariz. — Aceitou o meu conselho, hem? Não há nada como a instrução.

O advogado passou os dedos pela testa e pressagiou, distraído, que a escola teria grande utilidade.

Encolhi os ombros:

— Sei lá! Não acredito. Tanto que resolvi aproveitar o Padilha. Está claro que se poderia arranjar uma boa escola rural, com ensino razoável de agricultura e pecuária. Mas onde vou encontrar técnicos? E que dinheirão! Por enquanto é apenas um bocado de leitura, escrita e conta. Você estará em condições de encarregar-se disso, Padilha?

Luís Padilha informou-se do ordenado e declarou que vivia cheio de ocupações.

Devagarinho, foram clareando as lâmpadas da iluminação elétrica. Luzes também nas casas dos moradores. Se aqueles desgraçados que se apertavam lá embaixo, ao pé das cercas de Bom-Sucesso, tinham nunca pensado em alumiar-se com eletricidade! Luz até meia-noite. Conforto! E eu pretendia instalar telefones.

Casimiro Lopes aproximou-se, capengando.

75 Capacidade intelectual; inteligência.

— Vamos jantar. Mandei chamá-lo porque julguei que você necessitasse, Padilha. Desde que está ocupado, ponto final. Vamos para a mesa.

Durante o jantar Azevedo Gondim referiu o motivo da sua visita: tinha-se descoberto o paradeiro da velha Margarida.

— Que está dizendo! E você calado, Gondim!

Azevedo Gondim encheu o copo:

— Mora em Jacaré-dos-Homens.

— Onde é isso?

— Em Pão-de-Açúcar. Recebi hoje uma carta. Os sinais, a idade, a cor, tudo confere. Vive com uma família que faz queijos. Já retirei o anúncio do *Cruzeiro*.

— Está direito. Vocês conhecem alguém em Pão-de-Açúcar? Conhece alguém em Pão-de-Açúcar, seu Ribeiro?

Não conheciam.

— Ó Gondim, já que tomou a empreitada, peça ao vigário que escreva ao padre Soares sobre a remessa da negra. Acho que acompanho vocês, vou falar a padre Silvestre. É conveniente que a mulher seja remetida com cuidado, para não se estragar na viagem. E quando ela chegar, pode encomendar as miçangas, Gondim. Como se chamam?

— Clichês. Clichês e vinhetas.

— Pois sim. Mande buscar os clichês e as vinhetas, quando tivermos a velha.

— Estava aqui pensando na escola, murmurou Padilha.

— E eu. Tirou-me a palavra da boca, atalhou João Nogueira. Convide a Madalena, seu Paulo Honório. Excelente aquisição, mulher instruída.

— Até lhe enfeita a casa, seu Paulo, gritou Azevedo Gondim.

— Tolice. Ando lá procurando bibelôs?

Padilha, meio desconcertado, rosnou, agarrando-se ao osso:

— Eu não disse que não aceitava. O que disse é que tenho muitas ocupações. Mas perguntei qual é o ordenado.

Entretido em desarticular uma asa de galinha, não respondi.

— Perguntei qual é o ordenado, tornou Padilha timidamente.

Coitado! Tão miúdo, tão chato, parecia um percevejo.

— Conforme. Nem sei quanto você vale. Uns cem mil-réis por mês. Ponhamos cento e cinquenta a título de experiência. Casa, mesa, boas conversas, cento e cinquenta mil-réis por mês e oito horas de trabalho por dia. Convém? Mas aviso logo: serviço é serviço, e aqui ninguém bebe. Aqui só bebem os hóspedes.

— Perfeitamente, mastigou Padilha encabulado. Vou refletir. Quanto à bebida dispenso recomendação, que não bebo. Bebo nas refeições, nem sempre, e lá uma vez ou outra um cálice, por insistência de amigos. Talvez aceite.

Acabamos o jantar em silêncio. Maria das Dores trouxe o café e retirou os pratos. Abri a caixa de charutos, acendi o cachimbo e fomos para o salão.

Seu Ribeiro desdobrou a *Gazeta*. Instintivamente escondi-me num canto, afastado das portas abertas. Não consegui evitar uma janela. Quis fechá-la, mas sosseguei: Casimiro Lopes, que vigiava a casa, sentou-se numa das paredes começadas da igreja, acomodou o rifle entre as pernas e ficou imóvel, farejando.

— Vai o nosso Padilha voltar a S. Bernardo — disse João Nogueira.

— E concluir o livro, acrescentou Azevedo Gondim. Você, com a vida regularizada, escreve à beça, Padilha.

— Qual nada!

Envergonha-se de compor uns contos que publica no *Cruzeiro*, com pseudônimo, e quando lhe falam neles, imagina que é esculhambação e atrapalha-se. Aprumou-se, lançou um olhar amargurado às cadeiras, ao soalho, às lâmpadas:

— O ordenado é pequeno, não chega para os livros. Mas venho. Venho porque se trata de instrução e tenho embocadura[76] para o magistério.

Seu Ribeiro virava a folha do jornal, movia os beiços, às vezes gesticulava.

Indecente, aquela *Gazeta*. E o Brito, a pedir dinheiro, estava-se tornando insuportável.

Azevedo Gondim, cansado por duas léguas a pé, bocejou e espreguiçou-se:

— Então os candidatos do Pereira são derrotados, hem?

Eleição municipal.

— Não interessa. Bico de pena[77]!

Torcidas de verdade, sim: mandava os meus eleitores às urnas e recebia em troca os agradecimentos do partido. Tricazinhas[78] locais, não. Se o Pereira tinha pisado em casca de banana, pior para ele: caía, vinha outro e arranjava-se nova chapa.

— Bem feito — resmungou Padilha, que não perdoa ao Pereira ter desconfiado dos seus projetos de agricultura. — Aquilo é um jumento.

— Que injustiça! bradou João Nogueira sorrindo. O Pereira até agora foi um sujeito de tino. Todo o mundo gabava a prudência dele. Hoje o Padilha tacha-o de jumento.

— Homem, aventurou Azevedo Gondim coçando a barba, não é só o Padilha. Eu também. E você. Num momento como este dar murro em faca de ponta! Se tivéssemos uma eleição federal de cabala[79], vá. Mas quando o governo não faz caso de votos, querer sacudir padre Silvestre na prefeitura! O Padilha tem razão.

— Ora essa! — atalhei. — Você não sustentou a candidatura do vigário no jornal, Gondim?

76 Inclinação.
77 Eleições em que os votos não são secretos.
78 Intrigas.
79 Manipulação entre indivíduos com um mesmo objetivo.

— Sustentei. Sustentei por dever de solidariedade política. Mas particularmente discordei. O Nogueira está aí para atestar. E quanto a dizer que era disparate, era.

Sabia que padre Silvestre falara em cortar a subvenção de cento e cinquenta mil-réis mensais que o município dava ao *Cruzeiro*. Tinha esta ameaça atravessada na garganta. E, cheio de raiva, defendia o vigário, exaltando-lhe as virtudes e esquecendo o resto de propósito.

— Um desastre. Bom homem. É pouco. Muito ingênuo, emprenha pelos ouvidos, inteligência de peru novo, besta como aruá.

— Padres! — exclamou Luís Padilha com desprezo.

Era ateu e transformista. Depois que eu o havia desembaraçado da fazenda, manifestava ideias sanguinárias e pregava, cochichando, o extermínio dos burgueses.

— Canalha!

E roeu as unhas com furor.

Seu Ribeiro, os óculos atentos, comentava em silêncio, com gestos de desagrado, a prosa ruim do Brito.

— O que eu não compreendo — estranhei — é a razão dessa rasteira no vigário. Estava quase eleito, reconhecido, empossado, e de repente — zás! — no chão. Por que foi?

— Padre Silvestre é revolucionário, explicou João Nogueira. Pretende salvar o país por processos violentos.

Estremeci. Casimiro Lopes, de binga na mão, acendia o cigarro. O luar estava muito branco. Um pedaço de mata aparecia, longe, e distinguiam-se as flores amarelas dos paus-d'arco.

Levantei-me, fiz um sinal a João Nogueira e aproximamo-nos da janela.

— Ó, dr. Nogueira, diga-me cá, perguntei em voz baixa, essa história da queda do Pereira é certa? João Nogueira aceitou um charuto e declarou que não havia dúvida nenhuma.

— O governador estava razoável e propôs um acordo metendo o padre no conselho. O Pereira jogou no padre e levou taboca[80].

— Pois, dr. Nogueira, murmurei abafando mais a voz, cuido que chegou a ocasião de liquidar os meus negócios com o Pereira. Tenho marombado[81], espiado maré, porque o chefe era ele. Mas se foi ao barro, acabou-se. Está aqui enrascado numa conta de cabelos brancos. Vou entregar-lhe a conta. Veja se me consegue uma hipoteca.

— Perfeitamente — concordou João Nogueira.

E entusiasmou-se:

— Perfeitissimamente! Passe a procuração. O senhor vai prestar ao partido um grande serviço. Aperte o Pereira, seu Paulo Honório.

X

Aqui nos dias santos surgem viagens, doenças e outros pretextos para o trabalhador gazear[82]. O domingo é perdido, o sábado também se perde; por causa da feira, a semana tem apenas cinco dias, que a Igreja ainda reduz. O resultado é a paga encolher e essa cambada viver com a barriga tinindo[83].

Num feriado de mentira, não tendo podido encontrar gente para tirar baronesas do açude e brocar um pedaço de capoeira[84], distraí-me ouvindo Padilha e Casimiro Lopes conversarem a respeito de onças.

Não se entendem. Padilha, homem da mata e franzino, fala muito e admira as ações violentas; Casimiro Lopes é coxo e tem um vocabulário mesquinho. Julga o mestre-escola uma criatura superior, porque usa livros, mas para manifestar esta opinião arregala os olhos e dá um pequeno assobio. Gagueja. No sertão passava horas calado, e quando estava satisfeito, aboiava. Quanto a palavras, meia dúzia delas. Ultimamente, ouvindo pessoas da cidade, tinha decorado alguns termos, que emprega-

80 Ficou cheio de pólvora.
81 Disfarçado.
82 Ausentar-se.
83 Tremendo de fome.
84 Área que após uma queimada começa a regenerar sua vegetação.

va fora de propósito e deturpados. Naquele dia, por mais que forcejasse, só conseguia dizer que as onças são bichos brabos e arteiros.

— Pintada. Dentão grande, pezão grande, cada unha! Medonha!

Padilha exigia que o outro repetisse a descrição e ia intercalando nela, por conta própria, caracteres novos. Casimiro Lopes divergia; mas, confiado na ciência de Padilha, capitulava — e ao cabo de minutos a onça estava um animal como nunca se viu.

— Ó Casimiro, você vai levar um papel ao vigário. E escrevi a padre Silvestre agradecendo o interesse que ele tinha tomado pela viagem difícil de Margarida. Chegara dias antes e estava alojada numa casinha cercada de bananeiras.

Entreguei a carta a Casimiro Lopes, tomei o chapéu e fui fazer a minha segunda visita à preta. Desci a ladeira. Ao atravessar o paredão do açude, amedrontei uma nuvem de marrecas e jaçanãs. Com as últimas chuvas a represa aumentara muito, os bancos de baronesa estavam com vontade de entupir o sangradouro[85]. A levada que ia ter ao descaroçador e à serraria transbordava. Fechada a serraria, fechado o descaroçador. Dia perdido.

Encontrei Margarida sentada numa esteira, riscando os tijolos com carvões.

— Mãe Margarida, como vai a senhora?

Tentou endireitar o espinhaço[86] emperrado e, antes de lançar-me os olhos brancos, reconheceu-me pela voz.

— Aqui gemendo e chorando, meu filho, cheia de pecados.

Pecados! Antigamente era uma santa. E agora, miudinha, encolhidinha, com pouco movimento e pouco pensamento, que pecados poderia ter? Como estava com a vista curta, falou sem levantar a cabeça, repetindo os conselhos que me dava quando eu era menino. Uma fraqueza apertou-me o coração, aproximei-me, sentei-me na esteira, junto dela.

85 Sarjeta; bueiro.
86 A coluna vertebral.

— Mãe Margarida, procurei a senhora muito tempo. Nunca me esqueci. Foi uma felicidade encontrá-la. E carecendo de alguma coisa, é dizer. Mande buscar o que for necessário, mãe Margarida, não se acanhe.

Olhou com espanto as cadeiras, a mesinha, a lâmpada elétrica, os móveis do quarto próximo.

— Para que tanto luxo? Guarde os seus troços, que podem servir. Em cama não me deito. E quem dá o que tem a pedir vem.

— Não faz mal, mãe Margarida. Esteja sossegada, durma sossegada. Faltando lenha para o fogo, avise. Não deixe o fogo apagar-se, que as noites estão frias.

— É o que eu preciso, o fogo. O fogo e um pote.

Continuou a riscar figuras no chão. Curvada, um rosário de contas brancas e azuis aparecia pelo cabeção[87] aberto e batia-lhe nas pelancas dos peitos.

— Queria também um tacho[88]. O outro furtaram.

Lembrei-me do tacho velho, que era o centro da pequenina casa onde vivíamos. Mexi-me em redor dele vários anos, lavei-o, tirei-lhe com areia e cinza as manchas de azinhavre[89] — e dele recebi sustento. Margarida utilizou-o durante quase toda a vida. Ou foi ele que a utilizou. Agora, decrépita, não podia ser doceira, e aquele traste se tornava inteiramente desnecessário.

— Está bem, mãe Margarida, terá um tacho igual ao outro.

XI

Amanheci um dia pensando em casar. Foi uma ideia que me veio sem que nenhum rabo de saia a provocasse. Não me ocupo com amores, devem ter notado, e sempre me pareceu que mulher é um bicho esquisito, difícil de governar.

87 Parte superior do vestiário feminino.
88 Recipiente para fins culinários feito de ferro.
89 Cor esverdeada resultante da corrosão de objetos feitos de cobre ou latão.

A que eu conhecia era a Rosa do Marciano, muito ordinária. Havia conhecido também a Germana e outras dessa laia. Por elas eu julgava todas. Não me sentia, pois, inclinado para nenhuma: o que sentia era desejo de preparar um herdeiro para as terras de S. Bernardo.

Tentei fantasiar uma criatura alta, sadia, com trinta anos, cabelos pretos — mas parei aí. Sou incapaz de imaginação, e as coisas boas que mencionei vinham destacadas, nunca se juntando para formar um ser completo. Lembrei-me de senhoras minhas conhecidas: d. Emília Mendonça, uma Gama, a irmã de Azevedo Gondim, d. Marcela, filha do dr. Magalhães, juiz de direito.

Nesse ponto surgiu-me um pequeno contratempo. Uma tarde surpreendi no oitão[90] da capela (a capela estava concluída; faltava pintura) Luís Padilha discursando para Marciano e Casimiro Lopes:

— Um roubo. É o que tem sido demonstrado categoricamente pelos filósofos e vem nos livros. Vejam: mais de uma légua de terra, casas, mata, açude, gado, tudo de um homem. Não está certo.

Marciano, mulato esbodegado, regalou-se, entronchando-se todo e mostrando as gengivas banguelas:

— O senhor tem razão, seu Padilha. Eu não entendo, sou bruto, mas perco o sono assuntando nisso. A gente se mata por causa dos outros. É ou não é, Casimiro?

Casimiro Lopes franziu as ventas[91], declarou que as coisas desde o começo do mundo tinham dono.

— Qual dono! — gritou Padilha. — O que há é que morremos trabalhando para enriquecer os outros.

Saí da sacristia e estourei:

— Trabalhando em quê? Em que é que você trabalha, parasita, preguiçoso, lambaio[92]?

90 Lateral de um edifício.
91 A face.
92 Servente de péssima qualidade.

— Não é nada não, seu Paulo — defendeu-se Padilha, trêmulo. — Estava aqui desenvolvendo umas teorias aos rapazes.

Atirei uma porção de desaforos aos dois, mandei que arrumassem a trouxa, fossem para a casa do diabo.

— Em minha terra não, acabei já rouco. Puxem! Das cancelas para dentro ninguém mija fora do caco. Peguem as suas burundangas[93] e danem-se. Com um professor assim, estou bonito. Dou por visto o que este sem-vergonha ensina aos alunos.

Mais tarde, porém, cheio de embromações e lamúrias, Padilha jurou por todos os santos que a escola funcionava normalmente e fazia cortar coração deixar tantas crianças sem o pão do saber. Quanto às teorias, aquilo era só para matar tempo e empulhar o Casimiro.

— Eu meto a mão em cumbuco[94]? Sou lá capaz de propagar ideias subversivas?

No outro dia pela manhã, choramingando, balbuciando peditórios[95], a Rosa, com cinco filhos (três agarrados às saias, um nos braços, outro no bucho), atracou-me no pomar. E eu, que não tenho grande autoridade junto dela, sosseguei-a:

— Mande-me cá o Marciano, aquele cachorro. Até logo, vou ver.

À noite reuni Marciano e Padilha na sala de jantar, berrei um sermão comprido para demonstrar que era eu que trabalhava para eles. Mas atrapalhei-me e contentei-me com injuriá-los:

— Mal-agradecidos, estúpidos.

Amunhecaram[96], e baixei a pancada:

— Juízo de galinha. Embarcando em canoa furada! Tontos.

Dei-lhes conselhos. Encontrando macieza, Luís Padilha quis discutir; tornei a zangar-me, e ele se convenceu de que não tinha razão. Marciano

93 Insignificâncias.
94 Fazer o que não se deve.
95 Pedidos insistentes.
96 Perder o vigor.

encolhia-se, levantava os ombros e intentava meter a cabeça dentro do corpo. Parecia um cágado. Padilha roía as unhas.

— Por esta vez passa. Mas se me constar que vocês andam com saltos de pulga, chamo o delegado de polícia, que isto aqui não é a Rússia, estão ouvindo? E sumam-se.

Sumiram-se. Ficou-me um resto de indignação, depois serenei.

— Faz de conta que não houve nada.

Lorotas. Todos esses malucos dormem demais, falam à toa.

— Marciano, coitado, nem por isso. Trata bem do gado, é marido da Rosa.

Quanto ao Padilha, eu sentia prazer em humilhá-lo mostrando-lhe os melhoramentos que introduzia na propriedade.

E recomecei a elaborar mentalmente a mulher a que me referi no princípio deste capítulo.

Revistei a Mendonça, a Gama, a irmã do Gondim (eu nem sabia como se chamava a Gondim) e d. Marcela do dr. Magalhães. D. Marcela era um pancadão. Cada olho! O que tinha de ruim era usar muita tinta no rosto e muitos "ss" na conversa. Paciência. Perfeito só Deus.

Bambeava para me dirigir ao dr. Magalhães quando Costa Brito voou para cima de mim, numa carta, com a intenção de avançar-me em duzentos mil-réis.

Costa Brito tinha virado. A *Gazeta*, que sempre louvara furiosamente o governo, fugira para a oposição, por causa de um emprego de deputado estadual, e achava a administração pública desorganizada, entregue a homens incompetentes. A nós que votávamos com o partido dominante, mas não éramos peixe nem carne — queixumes[97], nariz torcido, modos de enjoo. Da minha última viagem à capital, em troca de uma notícia besta de quatro linhas, o diretor da *Gazeta* ainda me lambera cinquenta mil-réis, no café, bebendo cerveja com indignação:

— Querem jornal de graça. Para o inferno! A vida inteira escrevendo como um condenado, mentindo, para esses moços subirem! Só a despesa

97 Lamentações.

que se tem! só o preço do papel! E na eleição, coice. Nem uma porcaria, uma desgraça que qualquer prefeito analfabeto consegue com facilidade. Querem elogios. Está aqui para eles.

Eu não precisava do Brito, mas passei o dinheiro, em atenção a serviços prestados anteriormente e porque não gosto de questões com gente de imprensa. Depois aludi à crise e dei a entender que não continuava a sangrar.

Mas o Brito tem barriga de ema[98]: desprezou o aviso e mandou-me diversas cartas, as primeiras com choro, as últimas com exigências. Essa que me vinha embrulhar os planos de casamento trazia ameaças. Recusei o cobre[99], num telegrama: "Inútil insistir. Fartíssimo."

Tinha graça viver aqui suando para sustentar um literato. Eu era pai dele?

— Quem pariu mateu que o balance. Uma ou outra facada razoável, com moderação, vá. Ameaças, não. Chantagem, não.

Que diabo diria ele contra mim na folha? Não sendo funcionário público, as minhas relações com o partido limitavam-se a aliciar eleitores, entregar-lhes a chapa oficial e contribuir para música e foguetes nas recepções do governador. O veneno da *Gazeta* não me atingia. Salvo se ela bulisse[100] com os meus negócios particulares. Nesse caso só me restava pegar um pau e quebrar as costelas do Brito.

Recalquei as ideias violentas e esforcei-me por trazer de novo ao espírito as tintas e os "ss" de d. Marcela. Vieram. Mas afastavam-se de quando em quando — e nos intervalos apareciam Marciano, a Rosa com os meninos, Luís Padilha e Costa Brito.

XII

A questão do Pereira estava dormindo no cartório, esperando que o juiz de direito desse uma penada nos autos. João Nogueira disse-me isso uma tarde. Eu então, ligando o caso do Pereira aos

98 Vive embriagado.
99 Dinheiro.
100 Fizesse comentários.

predicados de d. Marcela, desci no dia seguinte à cidade, resolvido a visitar o dr. Magalhães.

Encontrei-o à noitinha no salão, que servia de gabinete de trabalho, com a filha e três visitantes: João Nogueira, uma senhora de preto, alta, velha, magra, outra senhora moça, loura e bonita. Estavam calados, em dois grupos, os homens separados das mulheres.

O dr. Magalhães é pequenino, tem um nariz grande, um pince-nez[101] e por detrás do pince-nez uns olhinhos risonhos. Os beiços, delgados, apertam-se. Só se descolam para o dr. Magalhães falar a respeito da sua pessoa. Também quando entra neste assunto, não para.

Naquele momento, porém, como já disse, conservavam-se todos em silêncio. D. Marcela sorria para a senhora nova e loura, que sorria também, mostrando os dentinhos brancos. Comparei as duas, e a importância da minha visita teve uma redução de cinquenta por cento.

Larguei, pois, d. Marcela e procurei, por meios indiretos, arrancar do juiz as linhas indispensáveis ao advogado.

O dr. Magalhães passou a mão pela testa e perguntou:

— Quais são os jornais que o senhor assina?

Respondi que assinava revistas de agricultura, a folha do partido, o *Cruzeiro* e a *Gazeta*. Elogiei Azevedo Gondim e ataquei o Brito.

— Um caradura, não é?

O dr. Magalhães amoitou-se. João Nogueira foi à estante de duas prateleiras, tirou um livro, voltou a sentar-se e começou a ler.

Houve no outro lado da sala um sussurro entrecortado de risinhos.

Necessitando pensar, pensei que é esquisito este costume de viverem os machos apartados das fêmeas. Quando se entendem, quase sempre são levados por motivos que se referem ao sexo. Vem daí talvez a malícia excessiva que há em torno de coisas feitas inocentemente. Dirijo-me a uma senhora, e ela se encolhe e se arrepia toda. Se não se encolhe nem se arrepia, um sujeito que está de fora jura que há safadeza no caso.

101 Óculos que não possuem hastes.

— Não tem aparecido ultimamente no cinema, hem? — disse em voz alta a senhora de preto.

— Faz quinze dias, d. Glória — respondeu d. Marcela. — Acho que faz quinze dias. Ó papai, quanto tempo faz que nós fomos ao cinema?

O dr. Magalhães calculou. Tirou do bolso um cigarro, dividiu-o em duas partes, transformou uma delas num cigarrinho fino, acendeu-o:

— Duas semanas.

— É isso mesmo, quinze dias.

— Não — discordou o dr. Magalhães —, duas semanas. Você está equivocada.

— Duas semanas não são quinze dias? — perguntou d. Marcela.

— Não. Duas semanas são catorze dias.

D. Marcela não se convenceu:

— Sempre ouvi dizer que duas semanas são quinze dias.

— Eu também tenho ouvido — confessou o dr. Magalhães. Tenho ouvido até muitas vezes. Mas é engano. Uma semana tem sete dias. Sete e sete não são catorze? E então? São catorze.

João Nogueira soltou o livro. Talvez d. Marcela contasse com o dia do cinema.

— É possível — acedeu o dr. Magalhães. — Não contando, são catorze.

— Mas contando, são quinze — gritou d. Marcela.

— É bom não contar — aconselhou o dr. Magalhães.

Despertaram todos, e a lourinha fez um movimento para se levantar.

— Muito cedo — murmurou d. Marcela.

A senhora de preto continuou sentada e entrou a discorrer sobre romances. D. Marcela tinha acabado um, de aventuras. Ia ver se se lembrava do enredo. Mas enganchou-se e não acertou com os nomes das personagens. Recomeçou, tornou a enganchar-se:

— Um romance que faz gosto, d. Glória.

— Eu não gosto de literatura — disse o dr. Magalhães. — Folheei algumas obras antigamente. Hoje não. Desconheço tudo isso. Sou apenas juiz, pchiu! Juiz.

D. Marcela estava quase acertando com o enredo do romance de aventuras. D. Glória escutava. A loura tinha a cabecinha inclinada e as mãozinhas cruzadas, lindas mãos, linda cabeça.

— Quando julgo — anunciava o dr. Magalhães —, abstraio-me, afasto os sentimentos.

— Estive comentando isso ontem à tarde com o dr. Nogueira — atalhei.

O dr. Magalhães agradeceu.

— Para proceder assim é necessário ter independência. Eu tenho independência. Que é que eles podem fazer comigo? Não preciso deles.

Ignoro a que pessoas se referia o dr. Magalhães. João Nogueira tocou-lhe no ombro e cochichou. Compreendi que se tratava do negócio do Pereira.

Levantei-me, arredei-me, para não prejudicar a integridade do juiz e para desemburrar-me um pouco. Fui à janela, acendi o cachimbo.

D. Marcela ia terminando a narração do romance. O advogado estava satisfeito. Apertei nos dentes o cachimbo e esfreguei as mãos com força:

— Ora muito bem. Que me dizem os senhores da chapa do partido? Não conheço os candidatos, mas suponho que há uns dois ou três oradores arrojados.

— O senhor acredita nisso? — perguntou João Nogueira.

— Em quê?

— Eleições, deputados, senadores.

Retraí-me, indeciso, porque não tenho ideias seguras a respeito dessas coisas.

— A gente se acostuma com o que vê. E eu, desde que me entendo, vejo eleitores e urnas. Às vezes suprimem os eleitores e as urnas: bastam livros. Mas é bom um cidadão pensar que tem influência no governo, embora não tenha nenhuma. Lá na fazenda o trabalhador mais desgra-

çado está convencido de que, se deixar a peroba, o serviço emperra. Eu cultivo a ilusão. E todos se interessam.

João Nogueira refletiu um instante:

— O que eu acho é que os deputados e os senadores são inúteis e comem demais.

Ia responder, mas notei que o dr. Magalhães se mexia. Fiquei com a resposta nas goelas. Ele conteve-se, e estivemos um minuto nesse jogo, cada um esperando pelo outro. Observei então que a mocinha loura voltava para nós, atenta, os grandes olhos azuis.

De repente conheci que estava querendo bem à pequena. Precisamente o contrário da mulher que eu andava imaginando — mas agradava-me, com os diabos. Miudinha, fraquinha. D. Marcela era bichão[102]. Uma peitaria[103], um pé de rabo, um toitiço[104]!

Como o silêncio se prolongasse, repliquei ao Nogueira, quase me dirigindo à lourinha:

— Existem coisas inúteis que nós conservamos. Eu conservo este cachimbo, que é inútil e até me faz mal.

Enchi o cachimbo:

— Que, para ser franco, nem sei se ele é inútil. Talvez não seja. Por isso vou às eleições. O senhor com certeza não quer acabar com as leis.

O dr. Magalhães, para quem a lei escrita é como o ar, escandalizouse:

— Oh!

— Não — tornou João Nogueira. — Que essas do congresso ordinariamente não prestam. O que é bom acabar é o congresso. As leis deviam ser feitas por especialistas.

— Ah! — suspirou o dr. Magalhães, aliviado.

102 Experiente.
103 Valente.
104 Sensata.

Leis ou decretos, desde que estivessem no papel, em forma, era tudo o mesmo. Cruzou as pernas, balançou a cabeça, estirou o beiço e levantou um dedo:

— O que precisamos é uma elite.

— Perfeitamente — apoiou João Nogueira —, uma oligarquia.

Mas o dr. Magalhães embirrou com o nome:

— Ah! Não!

— Ora essa! — exclamou João Nogueira. — Só podemos ter no governo uma elite de poucos indivíduos. É oligarquia.

— Mas que é que a oposição faz senão berrar nos jornais e nos *meetings* contra isso? — perguntei.

— A oposição não sabe o que diz. Nós temos lá oligarquia? Temos uma quantidade enorme de cavadores no poder. Só os congressistas! E os ministros, os presidentes, os governadores, os secretários, os políticos do sul. Muito dente roendo o tesouro. E que súcia[105]! Veja os nossos representantes no congresso federal. Que diz, seu Magalhães?

O dr. Magalhães não dizia nada.

— Nunca leio política. Sou apenas juiz. Estudo, compulso os meus livros, pchiu! Acordo cedo, tomo uma xícara de café, pequena, faço a barba, vou ao banho. Depois passeio pelo quintal, volto, distraio-me com as revistas e almoço, pouco, por causa do estômago. Descanso uma hora, escrevo, consulto os mestres. Janto, dou um giro pela cidade, à noite recebo os amigos, quando aparecem, durmo.

D. Glória não se conteve:

— Obra com acerto, é preciso preservar a saúde.

João Nogueira deu ao rosto uma expressão safada:

— Sem dúvida, é preciso preservá-la. Mas, como íamos dizendo, isto nunca foi oligarquia. Há gente demais.

105 Farra.

— Pois se, havendo tanta, a oposição grita, imagine se o número fosse menor. Aí é que a gritaria não findava.

— Por quê?

— Porque muitos dos que estão em cima estariam embaixo, o descontentamento seria maior.

Como o advogado se aproximasse da janela, soprei-lhe ao ouvido:

— Ele prometeu o despacho?

João Nogueira afirmou com um gesto. Despedi-me:

— Não concordo com o senhor não, dr. Nogueira. A república vai bem. Só a justiça que temos... Reflita.

— Eu por mim sou apenas juiz — disse o dr. Magalhães. — Estudo, consulto os bons autores...

Demorei-me até que ele terminasse, despedi-me pela segunda vez e saí.

Percorri a cidade, bestando, impressionado com os olhos da mocinha loura e esperando um acaso que me fizesse saber o nome dela. O acaso não veio, e decidi procurar João Nogueira, informar-me do nome, posição, família, as particularidades necessárias a quem pretende dar uma cabeçada séria. Às dez horas fui à redação do *Cruzeiro*, mas só encontrei Arquimedes, compondo. Estive no bilhar do Sousa. Não havia fregueses; apenas um, meio golado.

— O dr. Nogueira deve estar em casa da Ernestina.

Eu não sabia onde era a casa da Ernestina. Cerca de meia-noite descobri o advogado no hotel, discutindo poesia com Azevedo Gondim. Escutei uma hora, desejoso de instruir-me. Não me instruí.

— Dr. Nogueira, faz obséquio? É um instante, Gondim.

Mas tive acanhamento de tocar naquele assunto delicado, receei tornar-me ridículo, imaginei que podia o Nogueira andar também arrastando a asa para a lourinha e, sentindo uma espécie de despeito, pedi informações minuciosas sobre o processo do Pereira.

XIII

Tornei a encontrar a mocinha loura. Eu voltava da capital, aonde tinha ido por causa do sem-vergonha do Brito.

A coisa se deu assim. Depois do meu telegrama (lembram-se: o telegrama em que recusei duzentos mil-réis àquele pirata), a *Gazeta* entrou a difamar-me. A princípio foram mofinas cheias de rodeios, com muito vinagre, em seguida o ataque tornou-se claro e saíram dois artigos furiosos em que o nome mais doce que o Brito me chamava era assassino. Quando li essa infâmia, armei-me de um rebenque[106] e desci à cidade.

— O que o senhor deve fazer é processá-lo — aconselhou João Nogueira. — É fácil metê-lo na cadeia.

— E querendo defender-se, tem cá o *Cruzeiro* — insinuou Azevedo Gondim. — Pode escrever. Ou então escrevo eu, ou escreve o Nogueira. Infelizmente o *Cruzeiro* circula pouco. Mas é o que temos. Disponha.

— Obrigado, Gondim; obrigado, dr. Nogueira. Depois resolvemos. Não vale a pena quebrar a cabeça com uma tolice dessa.

E ficamos no hotel até onze da noite, jogando dominó a tostão o tento[107].

No outro dia tomei o trem, ferrei no sono e acordei às dez horas, na estação central. Logo ali, com o rebenque debaixo do braço, comecei a examinar as caras.

Subi a rua do Comércio, dobrei o Livramento, a Alegria, parei em frente à *Gazeta*. Olhei um instante, pelas grades, as caixetas imundas, entrei, atravessei a sala de composição, a de impressão e, lá no fundo, desemboquei na redação, onde só estava um rapaz amarelo preparando telegramas com os jornais do Recife da véspera. O diretor tinha ido a Pajuçara.

— Obrigado.

106 Objeto semelhante a um chicote que incita cavalos.
107 Jogando com apostas baixas.

Voltei pelo mesmo caminho e estive uma hora no relógio oficial, observando os passageiros dos bondes de Ponta-da-Terra. Afinal surgiu o focinho de rato do Brito.

— Olá!

Recuou, tentou retomar o estribo[108], mas o carro já ia longe. Franziu a testa com dignidade. Vendo o rebenque, empalideceu e gaguejou:

— Bons olhos o vejam. Que sorte! Sim senhor, precisamos conversar.

Agarrei-lhe o braço, puxei-o para junto do relógio e disse-lhe, quase cochichando para não espantar os transeuntes:

— Então, seu filho de uma égua, esses artigos...

— Aquilo é matéria paga — explicou o Brito. — Seção livre, não viu logo? Vamos à redação, lá nos entendemos melhor.

Em resposta passei-lhe os gadanhos[109] no cachaço[110] e dei-lhe um bando de chicotadas. Juntaram-se muitas pessoas, um guarda civil apitou, houve protestos, gritos, afinal Costa Brito conseguiu escapulir-se e azulou[111] pelo Comércio, em direção aos Martírios.

Encaminhei-me ao hotel, mas nem tive tempo de almoçar, porque fui chamado à polícia. Apertaram-me com interrogatórios redundantes, perdi o trem das três e não consegui demonstrar ao delegado que ele era ranzinza e estúpido. Aborrecido, aporrinhado[112], recorri a um bacharel (trezentos mil-réis, fora despesas miúdas com automóvel, gorjetas, etc.) e embarquei vinte e quatro horas depois, levando nos ouvidos um sermão do secretário do interior, que me seringou liberdade de imprensa e outros disparates.

No vagão comprei os jornais do dia. Nenhum noticiava o espalhafato. Camaradas. Comecei a ler umas coisas interessantes sobre a apicultura. Pouco a pouco esqueci as burrices do delegado e o liberalismo do secretário. E reconciliado com o Brito, confessei a mim mesmo que ele tinha

108 Objeto em que os cavaleiros apoiam os pés.
109 Unhas.
110 Parte posterior do pescoço.
111 Escapou.
112 Incomodado.

bom coração e provavelmente não reincidiria. Concentrei-me na leitura. Efetivamente as abelhas seriam para nós uma fonte de riqueza.

Nesse ponto veio sentar-se a meu lado uma senhora vestida de preto. Como o sol a incomodasse, baixei a portinhola.

— Agradecida.

Reparando nela, reconheci a mulher que, um mês antes, em casa do dr. Magalhães, escutava o romance de d. Marcela.

— Não tem de quê, d. Glória.

Notei que ela estava com um pacote a furar-se nos joelhos agudos e pedi-o, coloquei-o junto à minha bagagem. Era uma velha acanhada: sorriso insignificante e modos de pobre. O trem pôs-se em movimento. E encetamos um diálogo que se foi animando até nos tornarmos amigos.

— Esta *Great Western* é uma joça. Porcaria! Isto nunca foi carro. Que chiqueiro!

Inicio de ordinário com frases assim as minhas viagens a trem. D. Glória sobressaltou-se, receando que a companhia ouvisse. Em tom confidencial, achou que os carros não eram bons.

— Péssimos, d. Glória.

Ela atentou em mim com respeito:

— Creio que já nos vimos. Não me lembro. A minha memória é uma lástima.

— Em casa do juiz, o mês passado. A senhora e uma mocinha loura...

Arregalou os olhos:

— Ah! Sim.

E a conversa caiu. Para levantá-la, abri o jornal e preguei-lhe um dedo:

— Está aqui um artigo baita sobre a apicultura. O autor disto é osso.

Não compreendeu. De repente exclamou:

— Agora me recordo. O senhor estava com o dr. Nogueira, discutindo política.

— É isso mesmo.

Houve uma pausa.

— O senhor mora na capital?

— Não, moro no interior.

— Em Viçosa?

— É.

— Eu também, há pouco tempo. Mas cidade pequena... Horrível, não é?

— A cidade pequena? E a grande. Tudo é horrível. Gosto do campo, entende? Do campo.

D. Glória fechou a cara:

— Mato? Santo Deus! Mato só para bicho. E o senhor vive no mato?

— Em S. Bernardo.

D. Glória não conhecia S. Bernardo, e essa ignorância me ofendeu, porque para mim S. Bernardo era o lugar mais importante do mundo.

— Uma boa fazenda. Não há lá essa água podre que se bebe por aí. Lama. Não senhora, há conforto, há higiene.

D. Glória retificou a espinha, ergueu a voz e desfez o ar apoucado:

— Não me dou. Nasci na cidade, criei-me na cidade. Saindo daí, sou como peixe fora da água. Tanto que estive cavando transferência para um grupo da capital. Mas é preciso muito pistolão[113]. Promessas...

— Ah! É professora?

— Não. Professora é minha sobrinha.

— Aquela moça que estava com a senhora em casa do dr. Magalhães?

— Sim.

— E como é a graça de sua sobrinha, d. Glória?

— Madalena. Veja o senhor. Fez um curso brilhante...

113 Influências; indicações.

— Espere lá. O Nogueira e o Gondim me falaram nela. Mulher prendada, bonita. Perfeitamente. O Gondim falou muito. O Gondim do *Cruzeiro*, um da venta chata.

— Sei.

E recolheu, sorrindo, os elogios à sobrinha.

— Pois uma menina como aquela encafuar-se num buraco, seu...

— Paulo Honório, d. Glória. Faz pena. Isso de ensinar bê-á-bá é tolice. Perdoe a indiscrição, quanto ganha sua sobrinha ensinando bê-á-bá?

D. Glória baixou a voz para confessar que as professoras de primeira entrância tinham apenas cento e oitenta mil-réis.

— Quanto?

— Cento e oitenta mil-réis.

— Cento e oitenta mil-réis? Está aí! É uma desgraça, minha senhora. Como diabo se sustenta um cristão com cento e oitenta mil-réis por mês? Quer que lhe diga? Faz até raiva ver uma pessoa de certa ordem sujeitar-se a semelhante miséria. Tenho empregados que nunca estudaram e são mais bem pagos. Por que não aconselha sua sobrinha a deixar essa profissão, d. Glória?

D. Glória referiu-se à dificuldade de arranjar empregos e ao montepio.

— Que montepio! Isso vale nada! E empregos... Vou indicar um meio de sua sobrinha e a senhora ganharem dinheiro a rodo. Criem galinhas.

D. Glória formalizou-se, e um passageiro próximo, como eu gritava entusiasmado, pôs-se a rir. Era um mocinho de bigodinho e rubi no dedo. Aproximei dele o rosto cabeludo e a mão cabeluda:

— O senhor está rindo sem saber de quê. Vejo que possui uma carta. Quanto lhe rende? Se não tem pai rico, deve ser promotor público. Faria melhor negócio criando galinhas.

O mocinho encabulou.

— Boa ocupação, d. Glória, ocupação decente. Se quiser dedicar-se a ela, recomendo-lhe a Orpington. Escola! Bestidade. Abri uma na fazenda e entreguei-a ao Padilha. Sabe quem é? Um idiota. Mas diz ele que há

progresso. E eu acredito. Pelo menos o Gondim e padre Silvestre estiveram lá examinando a molecoreba e acharam tudo em ordem.

D. Glória enrugou e desenrugou a cara:

— Cada qual tem o seu meio de vida.

— História! Dê um salto a S. Bernardo para eu lhe mostrar o que é uma lavoura de fazer água na boca.

Essa conversa, é claro, não saiu de cabo a rabo como está no papel. Houve suspensões, repetições, mal-entendidos, incongruências, naturais quando a gente fala sem pensar que aquilo vai ser lido. Reproduzo o que julgo interessante. Suprimi diversas passagens, modifiquei outras. O discurso que atirei ao mocinho do rubi, por exemplo, foi mais enérgico e mais extenso que as linhas chochas que aqui estão. A parte referente à enxaqueca de d. Glória (e a enxaqueca ocupou, sem exagero, metade da viagem) virou fumaça. Cortei igualmente, na cópia, numerosas tolices ditas por mim e por d. Glória. Ficaram muitas, as que as minhas luzes não alcançaram e as que me pareceram úteis. É o processo que adoto: extraio dos acontecimentos algumas parcelas; o resto é bagaço. Ora vejam. Quando arrastei Costa Brito para o relógio oficial, apliquei-lhe uns quatro ou cinco palavrões obscenos. Esses palavrões, desnecessários porque não aumentaram nem diminuíram o valor das chicotadas, sumiram-se, conforme notará quem reler a cena da agressão, cena que, expurgada dessas indecências, está descrita com bastante sobriedade.

Uma coisa que omiti e produziria bom efeito foi a paisagem. Andei mal. Efetivamente a minha narrativa dá ideia de uma palestra realizada fora da terra. Eu me explico: ali, com a portinhola fechada, apenas via de relance, pelas outras janelas, pedaços de estações, pedaços de mata, usinas e canaviais. Muitos canaviais, mas este gênero de agricultura não me interessa. Vi também novilhos zebus, gado que, na minha opinião, está acabando de escangalhar os nossos rebanhos.

Hoje isso forma para mim um todo confuso, e se eu tentasse uma descrição, arriscava-me a misturar os coqueiros da lagoa, que apareceram às três e quinze, com as mangueiras e os cajueiros, que vieram depois. Essa descrição, porém, só seria aqui embutida por motivos de ordem técnica. E não tenho o intuito de escrever em conformidade com as regras. Tanto

que vou cometer um erro. Presumo que é um erro. Vou dividir um capítulo em dois. Realmente o que se segue podia encaixar-se no que procurei expor antes desta digressão. Mas não tem dúvida, faço um capítulo especial por causa da Madalena.

XIV

Na estação d. Glória apresentou-me a sobrinha, que tinha ido recebê-la. Atrapalhei-me e, para desocupar a mão, deixei cair um dos pacotes que ia entregar ao ganhador.

— Muito prazer. Eu já conhecia a senhora de nome. E de vista. Mas não sabia que era uma pessoa só. Encontramo-nos há dias.

— Há um mês.

— Perfeitamente. Estive conversando sobre isso com sua tia, ótima companheira de viagem. Sim senhora, muito prazer.

Dirigi-me ao hotel. E como a casa delas era no meu caminho, saímos juntos.

— D. Marcela disse-me que o senhor tem uma propriedade bonita — começou Madalena.

— Bonita? Ainda não reparei. Talvez seja bonita. O que sei é que é uma propriedade regular.

E embuchei[114], afobado. Até então os meus sentimentos tinham sido simples, rudimentares, não havia razão para ocultá-los a criaturas como a Germana e a Rosa. A essas azunia-se a cantada sem rodeios, e elas não se admiravam, mas uma senhora que vem da escola normal é diferente. Emburrei, pois, e contei os embrulhos que o ganhador equilibrava na cabeça. Fiz um esforço para endereçar amabilidades a d. Glória:

— O convite está de pé, sim senhora, e eu tenho a sua promessa de ir passar uns dias na fazenda. Espero que leve a professora. Vem um automóvel, em dez minutos estão lá.

D. Glória não tinha prometido nada. Madalena espantou-se:

114 Não disse o que pensava.

— Ah! Não.

— Por quê? Agora com as férias...

— Passeios... Isso é para rico.

E, sorrindo:

— Que diria sua família se o senhor metesse duas desconhecidas em casa?

Aí quem se espantou fui eu:

— Mas não tenho família, minha senhora, nunca tive. Vivo só, com Deus.

— Então é pior, respondeu Madalena.

— Inconveniente, declarou d. Glória.

Cocei a barba:

— É pena. Um lugar tão bom para uma pessoa se refazer! Acabou-se. Se é inconveniente, fica o dito por não dito.

Depois tornei:

— Mas inconveniente por quê? Pois eu tinha muito gosto em mostrar a d. Glória uns marrecos-de-pequim que são mesmo uma beleza. Já viu os marrecos-de-pequim, d. Madalena?

— Ainda não.

— Está aí! — resmunguei. — Estudam a vida inteira nem sei para quê.

— Descansar um pouco? — disse d. Glória.

Estávamos à porta da casa delas, na Canafístula[115].

— Obrigado. Vou chegando ao hotel.

Demorei-me ainda um minuto:

— Estão as senhoras aqui pessimamente instaladas. Adeus. E se resolverem ir a S. Bernardo, avisem, para mandar o automóvel.

— Perfeitamente — disse d. Glória. — E muito agradecida pela companhia.

115 Cassia fistula, espécie de árvore medicinal.

— Não tem de quê.

No hotel marchei para o banheiro, fui tirar o carvão e o suor. E ia-me sentando à mesa quando chegaram João Nogueira, Azevedo Gondim e padre Silvestre.

— Então que desordem foi essa? — perguntou Azevedo Gondim. — Soubemos ontem à noite.

— Imagine como nos assustamos — acrescentou o vigário. — Um escândalo! É verdade que o Brito andou mal.

— Andou. Necessidade. Ele não é ruim. Queria duzentos mil-réis, coitado, e eu torci o corpo.

Tolice: gastei bem seiscentos, sem contar a aporrinhação de dois dias. O diabo é que, se ele recebesse os duzentos, havia de pedir mais duzentos e assim por diante.

— A notícia que circulou ontem foi que ele estava no hospital, com uma punhalada — informou padre Silvestre. — Constou até que tinha morrido. Felizmente hoje sossegamos. Ferimentos leves, não?

— Que ferimentos! O que houve foi troca de palavras. O Brito disse uns desaforos, eu disse outros, juntou-se gente e a polícia entrou na questão, que não era com ela. Não houve nada.

— Logo vi — bradou padre Silvestre. — Um homem prudente como o senhor não ia provocar barulho.

— Essa agora! — gritou Azevedo Gondim. — Pois eu tinha escrito duas colunas sobre o caso para o número de domingo.

João Nogueira aproximou-se e falou-me ao ouvido:

— Francamente, que foi que houve?

— Uma arenga[116] sem importância.

E, pegando a ocasião:

— Ó dr. Nogueira, quem é aquela d. Glória?

— A tia da professora?

116 Discurso.

— Sim. Que tal é essa família?

— Em que sentido?

— Em tudo — respondi evasivamente. — A velha viajou hoje comigo, no trem. É simpática.

— Mas que interesse tem o senhor...

— É que a mulher, indiretamente, tocou-me numa pretensão: transferência da sobrinha. Eu nunca vi o diretor da instrução pública, mas dou-me com o Silveira, que faz regulamentos. Talvez não fosse impossível conseguir a transferência. Se elas merecem, está claro.

— Mas é uma excelente professora, seu Paulo, e um nobre caráter. O senhor quer retirá-la! Que lembrança! Se ela sair, sabe o que acontece? Mandam para cá uma velha analfabeta.

— Tem razão.

E, em voz alta:

— Jantar?

Agradeceram e despediram-se. Padre Silvestre abraçou-me:

— O amigo numa entalação[117] dessa! A culpa foi do Brito. Ele é meio esquentado, mas ultimamente a orientação que vem dando à *Gazeta* é boa.

Acompanhei-os:

— Ó Gondim, eu precisava falar com você.

Ficou.

— Estou morrendo de fome, Gondim. Dois dias quase sem comer! Calcule. Vamos jantar?

Recusou o jantar, mas aceitou um copo de cerveja. Quando cheguei à sobremesa, ele ia na terceira garrafa.

— Ó Gondim, você me falou há tempo numa professora.

— A Madalena?

117 Embaraço.

— Sim. Encontrei-a uma noite destas e gostei da cara. É moça direita?

Azevedo Gondim encetou a quarta garrafa de cerveja e desmanchou-se em elogios.

— Mulher superior. Só os artigos que publica no *Cruzeiro*!

Desanimei:

— Ah! Faz artigos!

— Sim, muito instruída. Que negócio tem o senhor com ela?

— Eu sei lá! Tinha um projeto, mas a colaboração no *Cruzeiro* me esfriou. Julguei que fosse uma criatura sensata.

— Essa agora! — bradou Gondim picado[118]. — O senhor tem cada uma!

— Está bem. Para você não há segredo. Ouça. Estou aborrecido com o Padilha.

— Alguma carraspana[119] que ele tomou?

— Pior. Anda querendo botar socialismo na fazenda. Surpreendi-o dizendo besteiras. Não liguei importância, tanto que o conservei, mas, o caso bem pensado, talvez fosse melhor arranjar para ele outra colocação, fora.

— E convidar a Madalena.

— Sim, estive pensando. Não sei. Se ela for moça de bons costumes.

— De bons costumes? Claro. O diabo é que talvez não aceite. Morar nas brenhas!

— Isso são bobagens da tia, uma velha tonta. Mas a outra, se tem juízo como você diz, aceita.

Azevedo Gondim mastigava amendoins torrados e bebia cerveja:

— É, pode ser. Vantagem para ela, com certeza, aumento de ordenado.

— Sem dúvida.

— Pode ser. Eu só tenho pena do pobre do Padilha.

118 Ofendido.
119 Bebida.

— Não. Cavo uma colocação para ele. Já não lhe disse? É um canalha, coitado. E a respeito da moça...

— O senhor entendeu-se com ela?

— Não, homem. Se me tivesse entendido, não estava consultando você. Ó Gondim, faça-me um favor. Foi justamente para isso que lhe pedi que ficasse. Sonde a mulher.

Azevedo Gondim resistiu, encarecendo o serviço que ia prestar:

— Mas eu não tenho intimidade com ela. Fale o senhor.

— Impossível. Há dois dias que estou ausente. Preciso chegar a S. Bernardo hoje. E não sei a maneira de tratar com essa gente. Muitas voltas... Peite a moça, Gondim, faça-me o favor.

— Pois sim. Arrumo-lhe a paisagem, a poesia do campo, a simplicidade das almas. E se ela não se convencer, sapeco-lhe um bocado de patriotismo por cima.

XV

Depois do convite, tornei-me quase íntimo das duas mulheres. Madalena não se decidiu logo. E eu, a pretexto de saber a resposta, comecei a frequentar a casinha da Canafístula. Um dia dei uns toques a d. Glória:

— Por que é que sua sobrinha não procura marido?

Melindrou-se[120]:

— Minha sobrinha não é feijão bichado para se andar oferecendo.

— Nem eu digo isso, minha senhora. Deus me livre. É um conselho de amigo. Garantir o futuro...

D. Glória empinou a coluna vertebral, e o peito cavado se achatou. Esse movimento de dignidade repentina fazia-lhe o vestido preto, já gasto, ficar esticado na barriga e frouxo nas costas. Resmungou palavras imperceptíveis. Pouco a pouco voltou à posição normal, a omoplata[121]

120 Constrangeu-se.
121 Ossos posteriores dos ombros.

adaptou-se novamente ao pano coçado[122] e o gargarejo tornou-se compreensível:

— Está visto que o casamento para as mulheres é uma situação...

— Razoável, d. Glória. E até é bom para a saúde.

— Mas há tantos casamentos desastrados... Demais isso não é coisa que se imponha.

— Não, infelizmente. É preciso propor. Tudo mal organizado, d. Glória. Há lá ninguém que saiba com quem deve casar?

— Quanto a mim, acho que em questões de sentimento é indispensável haver reciprocidade.

— Qual reciprocidade! Pieguice. Se o casal for bom, os filhos saem bons; se for ruim, os filhos não prestam. A vontade dos pais não tira nem põe. Conheço o meu manual de zootecnia.

Depois dessa conversa, a colheita do algodão prendeu-me duas semanas em S. Bernardo. Refleti algumas vezes no caso. Era provável que d. Glória houvesse batido com a língua nos dentes. Que teria dito? Apareci a Madalena com medo de ser mal recebido por causa da sugestão. Fui bem recebido:

— Como vai a lavoura?

— Vai regularmente. Creio que vai regularmente: ainda não posso prever o resultado da safra. E a sua escola? Os meninos, a d. Glória, sem novidade? Estimo. O que é certo é que a senhora não se importa com lavoura, e eu vinha tratar de outro assunto.

— O convite que me fez pelo Gondim?

Vacilei:

— Mais ou menos.

— Já lhe devia ter respondido que não aceito.

— Que diabo! Mas o aumento do ordenado, filha de Deus?

122 Gasto.

— Não convém. Estou em seis anos de magistério, não deixo o certo pelo duvidoso. Essas escolas particulares hoje se abrem, amanhã se fecham...

Fiz-lhe um cumprimento:

— Felicito-a pela sua prudência. Efetivamente a senhora arriscava a ficar sem mel nem cabaço[123].

— Se o senhor reconhece...

— Reconheço. E venho trazer-lhe outra proposta. Para ser franco, essa história de escola foi tapeação.

Madalena esperava, com uma rugazinha entre as sobrancelhas.

— O que vou dizer é difícil. Deve compreender... Enfim, para não estarmos com prólogos, arreio a trouxa e falo com o coração na mão.

Tossi, encalistrado:

— Está aí. Resolvi escolher uma companheira. E como a senhora me quadra[124]... Sim, como me engracei da senhora quando a vi pela primeira vez...

Engasguei-me. Séria, pálida, Madalena permaneceu calada, mas não parecia surpreendida.

— Já se vê que não sou o homem ideal que a senhora tem na cabeça.

Afastou a frase com a mão fina, de dedos compridos:

— Nada disso. O que há é que não nos conhecemos.

— Ora essa! Não lhe tenho contado pedaços da minha vida? O que não contei vale pouco. A senhora, pelo que mostra e pelas informações que peguei, é sisuda, econômica, sabe onde tem as ventas e pode dar uma boa mãe de família.

Madalena foi à janela e esteve algum tempo debruçada, olhando a rua. Quando se voltou, eu passeava pela sala, enchendo o cachimbo.

— Deve haver muitas diferenças entre nós.

123 Perder tudo o que se tem.
124 É conveniente; apropriada.

— Diferenças? E então? Se não houvesse diferenças, nós seríamos uma pessoa só. Deve haver muitas. Com licença, vou acender o cachimbo. A senhora aprendeu várias embrulhadas[125] na escola, eu aprendi outras quebrando a cabeça por este mundo. Tenho quarenta e cinco anos. A senhora tem uns vinte.

— Não, vinte e sete.

— Vinte e sete? Ninguém lhe dá mais de vinte. Pois está aí. Já nos aproximamos. Com um bocado de boa vontade, em uma semana estamos na igreja.

— O seu oferecimento é vantajoso para mim, seu Paulo Honório — murmurou Madalena. — Muito vantajoso. Mas é preciso refletir. De qualquer maneira, estou agradecida ao senhor, ouviu? A verdade é que sou pobre como Jó, entende?

— Não fale assim, menina. E a instrução, a sua pessoa, isso não vale nada? Quer que lhe diga? Se chegarmos a acordo, quem faz um negócio supimpa sou eu.

XVI

Uma semana depois, à tardinha, eu, que ali estava aboletado desde meio-dia, tomava café e conversava, bastante satisfeito. No melhor da conversa Azevedo Gondim entrou sem cerimônia e atirou uma inconveniência que não tinha tamanho:

— Ah! O senhor está aqui? Eu vinha dar os parabéns a d. Madalena. Foi bom encontrá-lo. Minhas felicitações.

— Que história é essa? — perguntei, estremecendo.

— O casamento — explicou Azevedo Gondim. — É em que se fala. O senhor não tinha dito nada... Quando é isso?

Não respondi. Madalena contou os fios do bordado. D. Glória imobilizou-se, com uma xícara na mão. Tive desejo de torcer o pescoço do Gondim, que, percebendo a tolice, se encostou à parede, raspando o

125 Intrigas; confusões.

queixo. Levantei-me, cheguei à janela para disfarçar o constrangimento. Como Gondim se aproximasse, rosnei:

— Você está bêbedo?

— Julguei que não fosse segredo. Todo o mundo sabe.

— Idiota.

E voltei a sentar-me. Acanhado, as orelhas num fogaréu, agarrei-me ao hospital de Nossa Senhora da Conceição e ao Grêmio Literário e Recreativo, que levava uma existência precária, com as estantes cheias de traças e abrindo-se uma vez por ano para a posse da diretoria.

— Que utilidade tem isso?

Azevedo Gondim sentou-se, pouco a pouco serenou:

— É uma sociedade que presta bons serviços, seu Paulo.

— Lorota! O hospital, sim senhor. Mas biblioteca num lugar como este! Para quê? Para o Nogueira ler um romance de mês em mês. Uma literatura desgraçada...

Azevedo Gondim, aferrando-se a uma ideia, gira em redor dela, como peru:

— A instrução é indispensável, a instrução é uma chave, a senhora não concorda, d. Madalena?

— Quem se habitua aos livros...

— É não habituar-se — interrompi. — E não confundam instrução com leitura de papel impresso.

— Dá no mesmo, disse Gondim.

— Qual nada!

— E como é que se consegue instrução se não for nos livros?

— Por aí, vendo, ouvindo, correndo mundo. O Nogueira veio da escola sabido como o diabo, mas não sabia inquirir uma testemunha. Hoje esqueceu o latim e é um bom advogado.

— Entretanto o senhor acha o hospital necessário. E por que não deita fora os seus tratados de agricultura?

— É diferente. Em todo o caso suponho que os médicos estudam menos nos livros que abrindo barrigas, cortando vivos e defuntos em experiências. Eu, nas horas vagas, leio apenas observações de homens práticos. E não dou valor demasiado a elas, confio mais em mim que nos outros. Os meus autores não vieram olhar de perto os homens e as terras de S. Bernardo.

Madalena balançava a cabeça:

— Perfeitamente. O que há é que não estamos acostumados a pensar assim. Assisti um dia destes a uma fita no cinema, e creio que aprendi mais que se visse aquilo escrito. Sem contar que se gasta menos tempo.

— E não se enche o quengo com estopadas — acrescentei. — Vocês engolem muita bucha, Gondim. Há por aí volumes que cabem em quatro linhas.

D. Glória estava quase dormindo. Azevedo Gondim, aturdido, agastado, ergueu os ombros:

— Cá para mim os livros são úteis. Se o senhor julga que são inúteis, deve ter lá as suas razões.

— Você vê que me refiro às histórias fiadas do Grêmio.

— O pior é que o que é desnecessário ao senhor talvez seja necessário a muitos — disse Madalena.

— Sem dúvida, a beleza — triunfou Azevedo Gondim. — É o que se quer. Harmonia, beleza, entende?

— Ora sebo!

D. Glória levantou-se e entrou. Como o assunto estivesse reduzido a cinza, calamo-nos. Azevedo Gondim tentou atiçá-lo, inutilmente.

— Que poeira, hem? Com o nordeste.

Retirou-se. Animei-me e avizinhei-me de Madalena:

— Está vendo? Por aí já falam. E só em que falam, pelo que disse o Gondim.

Nenhuma resposta.

— Não torno a pôr os pés aqui. Primeiro porque não quero prejudicá-la, segundo porque é ridículo. Naturalmente a senhora já refletiu.

Madalena soltou o bordado:

— Parece que nos entendemos. Sempre desejei viver no campo, acordar cedo, cuidar de um jardim. Há lá um jardim, não? Mas por que não espera mais um pouco? Para ser franca, não sinto amor.

— Ora essa! Se a senhora dissesse que sentia isso, eu não acreditava. E não gosto de gente que se apaixona e toma resoluções às cegas. Especialmente uma resolução como esta. Vamos marcar o dia.

— Não há pressa. Talvez daqui a um ano... Eu preciso preparar-me.

— Um ano? Negócio com prazo de ano não presta. Que é que falta? Um vestido branco faz-se em vinte e quatro horas.

Ouvindo passos no corredor, baixei a voz:

— Podemos avisar sua tia, não?

Madalena sorriu, irresoluta.

— Está bem.

— Já acabaram aquela discussão pau? — perguntou d. Glória da porta. — Eu estava morrendo de sono.

— E eu. O culpado foi o Gondim, que tem ideias extravagantes.

Procurei maneira de formular o pedido, mas perturbei-me e não atinei com o que devia dizer:

— D. Glória, comunico-lhe que eu e sua sobrinha dentro de uma semana estaremos embirados. Para usar linguagem mais correta, vamos casar. A senhora, está claro, acompanha a gente. Onde comem dois comem três. E a casa é grande, tem uma porção de caritós.

D. Glória começou a chorar.

XVII

Casou-nos o padre Silvestre, na capela de S. Bernardo, diante do altar de São Pedro.

Estávamos em fim de janeiro. Os paus-d'arco, floridos, salpicavam a mata de pontos amarelos; de manhã a serra cachimbava; o riacho, depois das últimas trovoadas, cantava grosso, bancando rio, e a cascata em que se despenha, antes de entrar no açude, enfeitava-se de espuma.

Quando viu os arames da iluminação, o telefone, os móveis, vários trastes de metal, que Maria das Dores conservava areados, brilhando, d. Glória confessou que a vida ali era suportável.

— Eu não dizia?

Ofereci-lhe um quarto no lado esquerdo da casa, por detrás do escritório, com janela para o muro da igreja, vermelho. O muro está hoje esverdeado pelas águas da chuva, mas naquele tempo era novo e cor de carne crua. Eu e Madalena ficamos no lado direito — e da nossa varanda avistávamos o algodoal, o prado, o descaroçador com a serraria e a estrada, que se torce contornando um morro.

— Vamos começar vida nova, hem? — disse Madalena alegremente.

Desde então comecei a fazer nela algumas descobertas que me surpreenderam. Como se sabe, eu me havia contentado com o rosto e com algumas informações ligeiras.

Tive, durante uma semana, o cuidado de procurar afinar a minha sintaxe pela dela, mas não consegui evitar numerosos solecismos[126]. Mudei de rumo. Tolice. Madalena não se incomodava com essas coisas. Imaginei-a uma boneca da escola normal. Engano.

Enjoou o Padilha, que achou "uma alma baixa". (Aí eu expliquei que a alma dele não tinha importância. Exigia dos meus homens serviços: o resto não me interessava.) Enjoou o Padilha. Mas gostou de seu Ribeiro: meteu-se no escritório, folheou os livros, examinou documentos, desarmou a máquina de escrever, que estava emperrada. E dois dias depois do casamento, ainda com um ar machucado, largou-se para o campo e

126 Erros de sintaxe.

rasgou a roupa nos garranchos do algodão. A hora do jantar encontrei-a no descaroçador, conversando com o maquinista.

— Ora muito bem. Isto é mulher.

Mas aconselhei-a a não expor-se:

— Esses caboclos são uns brutos. Quer trabalhar? Combino. Trabalhe com Maria das Dores. A gente da lavoura só comigo.

— A ocupação de Maria das Dores não me agrada. E eu não vim para aqui dormir.

— São entusiasmos do princípio.

— Outra coisa — continuou Madalena. — A família de mestre Caetano está sofrendo privações.

— Já conhece mestre Caetano? — perguntei admirado. — Privações, é sempre a mesma cantiga. A verdade é que não preciso mais dele. Era melhor ir cavar a vida fora.

— Doente...

— Devia ter feito economia. São todos assim, imprevidentes. Uma doença qualquer, e é isto: adiantamentos, remédios. Vai-se o lucro todo.

— Ele já trabalhou demais. E está tão velho!

— Muito, perdeu a força. Põe a alavanca numa pedra pequena e chama os cavouqueiros para deslocá-la. Não vale os seis mil-réis que recebia. Mas não tem dúvida: mande o que for necessário. Mande meia cuia de farinha, mande uns litros de feijão. É dinheiro perdido.

XVIII

A excelentíssima, declarou seu Ribeiro, entende de escrituração.

Seu Ribeiro morava aqui, trabalhava comigo, mas não gostava de mim. Creio que não gostava de ninguém. Tudo nele se voltava para o lugarejo que se transformou em cidade e que tinha, há meio século, bolandeira, terços, candeias de azeite e adivinhações em noites de São João.

Com mais de setenta anos, andava a pé, de preferência pelas veredas. E só falava ao telefone constrangido. Odiava a época em que vivia, mas tirava-se de dificuldades empregando uns modos cerimoniosos e expressões que hoje não se usam. O reduzido calor que ainda guardava servia para aquecer aqueles livros grossos, de cantos e lombadas de couro. Escrevia neles com amor lançamentos complicados, e gastava quinze minutos para abrir um título, em letras grandes e curvas, um pouco trêmulas, as iniciais cheias de enfeites.

— Entende muito — continuou. — E embora eu não concorde integralmente com o método que preconiza, reconheço que poderá, querendo, encarregar-se da escrita.

— Obrigada.

— Não há de quê. A excelentíssima conhece a matéria e tem caligrafia. Eu sou uma ruína. Qualquer dia destes...

Catou palavras:

— Qualquer dia destes estou com Deus.

— Sempre diz isso — resmungou Padilha. — O senhor tem fôlego de sete gatos.

Pretendia acumular os cargos de professor e guarda-livros. E impacientava-se.

— Não duro, estou gasto — respondeu seu Ribeiro. — E morreria tranquilo deixando os livros a uma pessoa que não viesse estragá-los com raspadelas.

— Isso é fácil — murmurou Padilha.

— Talvez, mas convém saber. Aqui a excelentíssima...

— Tinha graça — tornou Padilha, d. Madalena escrevendo os diversos a diversos.

— Nada mais natural — atalhou Madalena. — Não desejo, Deus me livre. Seu Ribeiro está forte.

— Somos todos mortais, minha senhora. É verdade que ninguém pode penetrar os desígnios da Providência, mas na minha idade...

— Qual é o ordenado?

— Ora essa! — estranhou Padilha. — A senhora ocupar-se com essas migalhas! Receber ordenado! Era tirar de uma mão e deitar na outra.

— Por que não? Se seu Ribeiro tiver de aposentar-se... Quanto ganha o senhor, seu Ribeiro?

O guarda-livros afagou as suíças brancas:

— Duzentos mil-réis.

Madalena desanimou:

— É pouco.

— Como? — bradei estremecendo.

— Muito pouco.

— Que maluqueira! Quando ele estava com o Brito, ganhava cento e cinquenta a seco. Hoje tem duzentos, casa, mesa e roupa lavada.

— É exato — confessou seu Ribeiro. — Não me falta nada, o que recebo chega.

— Se o senhor tivesse dez filhos, não chegava, disse Madalena.

— Naturalmente — concordou d. Glória.

— Ora gaitas! — berrei. — Até a senhora? Meta-se com os romances.

Madalena empalideceu:

— Não é preciso zangar-se. Todos nós temos as nossas opiniões.

— Sem dúvida. Mas é tolice querer uma pessoa ter opinião sobre assunto que desconhece. Cada macaco no seu galho. Que diabo! Eu nunca andei discutindo gramática. Mas as coisas da minha fazenda julgo que devo saber. E era bom que não me viessem dar lições. Vocês me fazem perder a paciência.

Joguei o guardanapo sobre os pratos, antes da sobremesa, e levantei-me. Um bate-boca oito dias depois do casamento! Mau sinal. Mas atirei a responsabilidade para d. Glória, que só tinha dito uma palavra.

XIX

Conheci que Madalena era boa em demasia, mas não conheci tudo de uma vez. Ela se revelou pouco a pouco, e nunca se revelou inteiramente. A culpa foi minha, ou antes, a culpa foi desta vida agreste, que me deu uma alma agreste.

E, falando assim, compreendo que perco o tempo. Com efeito, se me escapa o retrato moral de minha mulher, para que serve esta narrativa? Para nada, mas sou forçado a escrever.

Quando os grilos cantam, sento-me aqui à mesa da sala de jantar, bebo café, acendo o cachimbo. Às vezes as ideias não vêm, ou vêm muito numerosas — e a folha permanece meio escrita, como estava na véspera. Releio algumas linhas, que me desagradam. Não vale a pena tentar corrigi-las. Afasto o papel.

Emoções indefiníveis me agitam — inquietação terrível, desejo doido de voltar, tagarelar novamente com Madalena, como fazíamos todos os dias, a esta hora. Saudade? Não, não é isto: é desespero, raiva, um peso enorme no coração.

Procuro recordar o que dizíamos. Impossível. As minhas palavras eram apenas palavras, reprodução imperfeita de fatos exteriores, e as dela tinham alguma coisa que não consigo exprimir. Para senti-las melhor, eu apagava as luzes, deixava que a sombra nos envolvesse até ficarmos dois vultos indistintos na escuridão.

Lá fora os sapos arengavam, o vento gemia, as árvores do pomar tornavam-se massas negras.

— Casimiro!

Casimiro Lopes estava no jardim, acocorado ao pé da janela, vigiando.

— Casimiro!

A figura de Casimiro Lopes aparece à janela, os sapos gritam, o vento sacode as árvores, apenas visíveis na treva. Maria das Dores entra e vai abrir o comutador. Detenho-a: não quero luz.

O tique-taque do relógio diminui, os grilos começam a cantar. E Madalena surge no lado de lá da mesa. Digo baixinho:

— Madalena!

A voz dela me chega aos ouvidos. Não, não é aos ouvidos. Também já não a vejo com os olhos.

Estou encostado à mesa, as mãos cruzadas. Os objetos fundiram-se, e não enxergo sequer a toalha branca.

— Madalena...

A voz de Madalena continua a acariciar-me. Que diz ela? Pede-me naturalmente que mande algum dinheiro a mestre Caetano. Isto me irrita, mas a irritação é diferente das outras, é uma irritação antiga, que me deixa inteiramente calmo. Loucura estar uma pessoa ao mesmo tempo zangada e tranquila. Mas estou assim. Irritado contra quem? Contra mestre Caetano. Não obstante ele ter morrido, acho bom que vá trabalhar. Mandrião!

A toalha reaparece, mas não sei se é esta toalha sobre que tenho as mãos cruzadas ou a que estava aqui há cinco anos.

Rumor do vento, dos sapos, dos grilos. A porta do escritório abre-se de manso, os passos de seu Ribeiro afastam-se. Uma coruja pia na torre da igreja. Terá realmente piado a coruja? Será a mesma que piava há dois anos? Talvez seja até o mesmo pio daquele tempo.

Agora seu Ribeiro está conversando com d. Glória no salão. Esqueço que eles me deixaram e que esta casa está quase deserta.

— Casimiro!

Penso que chamei Casimiro Lopes. A cabeça dele, com o chapéu de couro de sertanejo, assoma de quando em quando à janela, mas ignoro se a visão que me dá é atual ou remota.

Agitam-se em mim sentimentos inconciliáveis: encolerizo-me e enterneço-me; bato na mesa e tenho vontade de chorar.

Aparentemente estou sossegado: as mãos continuam cruzadas sobre a toalha e os dedos parecem de pedra. Entretanto ameaço Madalena com o punho. Esquisito.

Distingo no ramerrão da fazenda as mais insignificantes minudências. Maria das Dores, na cozinha, dá lições ao papagaio. Tubarão rosna acolá no jardim. O gado muge no estábulo.

O salão fica longe: para irmos lá temos de atravessar um corredor comprido. Apesar disso a palestra de seu Ribeiro e d. Glória é bastante clara. A dificuldade seria reproduzir o que eles dizem. É preciso admitir que estão conversando sem palavras.

Padilha assobia no alpendre. Onde andará Padilha?

Se eu convencesse Madalena de que ela não tem razão... Se lhe explicasse que é necessário vivermos em paz... Não me entende. Não nos entendemos. O que vai acontecer será muito diferente do que esperamos. Absurdo.

Há um grande silêncio. Estamos em julho. O nordeste não sopra e os sapos dormem. Quanto às corujas, Marciano subiu ao forro da igreja e acabou com elas a pau. E foram tapados os buracos de grilos.

Repito que tudo isso continua a azucrinar-me.

O que não percebo é o tique-taque do relógio. Que horas são? Não posso ver o mostrador assim às escuras. Quando me sentei aqui, ouviam-se as pancadas do pêndulo, ouviam-se muito bem. Seria conveniente dar corda ao relógio, mas não consigo mexer-me.

XX

Conforme declarei, Madalena possuía um excelente coração. Descobri nela manifestações de ternura que me sensibilizaram. E, como sabem, não sou homem de sensibilidades. É certo que tenho experimentado mudanças nestes dois últimos anos. Mas isto passa.

As amabilidades de Madalena surpreenderam-me. Esmola grande. Percebi depois que eram apenas vestígios da bondade que havia nela para todos os viventes. Paciência. Eu não devia esperar nem esses sobejos — e o que viesse era lucro. Vivemos algum tempo muito bem.

Lembram-se de que deixei a mesa aborrecido com d. Glória. Pois, passados minutos, Madalena me trouxe uma xícara de café e deu a entender que estava arrependida de haver provocado o incidente.

— Foi uma leviandade.

— Foi — balbuciou Madalena vermelhinha —, foi inconsideração.

— Antes de falar, a gente pensa.

— Com certeza — disse ela bastante perturbada. — Esqueci que os dois eram empregados e deixei escapar aquela inconveniência. Ah! Foi uma inconveniência e grande.

Aí eu peguei a xícara de café e amoleci:

— Não, assim também não. Para que exagerar? Houve apenas incompreensão. Obrigado, pouco açúcar. Incompreensão, é o termo. Eu explico. Aqui não é como lá fora. O cinema, o bar, os convites, a loteria, o bilhar, o diabo, não temos nada disso, e às vezes nem sabemos em que gastar dinheiro. Quer que lhe diga? Comecei a vida com cem mil-réis alheios. Cem mil-réis, sim senhora. Pois estiraram como borracha. Tudo quanto possuímos vem desses cem mil-réis que o ladrão do Pereira me emprestou. Usura de judeu, cinco por cento ao mês.

Madalena ouviu atenta, aprovando, com modos de menina bem-educada:

— Acredito, acredito. O que há é que ainda não conheço o meio. Preciso acostumar-me.

Chamei Casimiro Lopes, entreguei-lhe a xícara e a bandeja. Depois acendi o cachimbo:

— O que sinto...

Ergui-me:

— Nunca me arrependo de nada. O que está feito está feito. Mas enfim cara feia não bota ninguém para diante. E aquilo que eu azuni a d. Glória...

— Coitada! Ela nem estava prestando atenção à conversa. Falou por falar.

— Foi uma dos diabos. Pois faça-me um favor: mostre a ela, por alto, que não tive intenção de magoá-la. Uma pessoa idosa e respeitável... Que não tive intenção, ouviu? Eu sou mesmo um sujeito meio azuretado.

Veem que estávamos brandos como duas bananas. E assim passamos um mês. Por insistência dela, dei-lhe ocupação:

— Faça a correspondência. Quer ordenado. Perfeitamente, depois combinaremos isso. Seu Ribeiro que lhe abra uma conta.

XXI

Pois, apesar das precauções que tomamos, do asbesto que usamos para amortecer os atritos, veio nova desinteligência. Depois vieram muitas. Pela manhã Madalena trabalhava no escritório, mas à tarde saía a passear, percorria as casas dos moradores. Garotos empalamados e beiçudos agarravam-se às saias dela.

Foi à escola, criticou o método de ensino do Padilha e entrou a amolar-me reclamando um globo, mapas, outros arreios que não menciono porque não quero tomar o incômodo de examinar ali o arquivo. Um dia, distraidamente, ordenei a encomenda. Quando a fatura chegou, tremi. Um buraco: seis contos de réis. Seis contos de folhetos, cartões e pedacinhos de tábua para os filhos dos trabalhadores. Calculem. Uma dinheirama tão grande gasta por um homem que aprendeu leitura na cadeia, em carta de ABC, em almanaques, numa bíblia de capa preta, dos bodes. Mas contive-me. Contive-me porque tinha feito tenção de evitar dissidências com minha mulher e porque imaginei mostrar aquelas complicações ao governador quando ele aparecesse aqui. Em todo o caso era despesa supérflua.

Assinei a duplicata, pus o chapéu e saí. Ao passar pelo estábulo, notei que os animais não tinham ração.

— Isto vai mal.

E gritei:

— Marciano!

Gritei em vão. Desci a ladeira, com raiva. Lá embaixo, à porta da escola, descobri Marciano escanchado num tamborete, taramelando com o Padilha.

— Já para as suas obrigações, safado.

— Acabei o serviço, seu Paulo — gaguejou Marciano, perfilando-se.

— Acabou nada!

— Acabei, senhor, sim. Juro por esta luz que nos alumia.

— Mentiroso. Os animais estão morrendo de fome, roendo a madeira.

Marciano teve um rompante:

— Ainda agorinha os cochos estavam cheios. Nunca vi gado comer tanto. E ninguém aguenta mais viver nesta terra. Não se descansa.

Era verdade, mas nenhum morador me havia ainda falado de semelhante modo.

— Você está se fazendo besta, seu corno?

Mandei-lhe o braço ao pé do ouvido e derrubei-o. Levantou-se zonzo, bambeando, recebeu mais uns cinco trompaços e levou outras tantas quedas. A última deixou-o esperneando na poeira. Enfim ergueu-se e saiu de cabeça baixa, trocando os passos e limpando com a manga o nariz, que escorria sangue. Estive uns minutos soprando. Depois voltei-me para o Padilha:

— O culpado é você.

— Eu?

— Sim, você, que anda enchendo de folhas as ventas daquele sem-vergonha.

Padilha defendeu-se, pálido:

— Não ando enchendo nada não, seu Paulo. É injustiça. Ele veio de enxerido, acredite. Não chamei, até disse: "Marciano, é melhor que você

vá dar comida aos bichos." Não escutou e ficou aí, lesando. Eu estava enjoado, por Deus do céu, que não gosto da cara desse moleque.

Ia pregar-lhe uma descompostura, mas avistei Madalena, que, no paredão do açude, se virava para as ruínas do Marciano. Fui ao encontro dela, resmungando:

— Insolente! Dá-se o pé, e quer tomar a mão.

Mas a cólera tinha desaparecido. O que agora me importunava eram as caixas com o material pedagógico inútil nestes cafundós. Para que aquilo? O governador se contentaria se a escola produzisse alguns indivíduos capazes de tirar o título de eleitor.

— Tomando fresca, hem? — perguntei a Madalena, que tinha a vista presa no telhado escuro do estábulo.

Não deu resposta. Pus-me a olhar o bebedouro dos animais, o leito vazio do riacho além do sangradouro do açude e, longe, na encosta da serra, a pedreira, que era apenas uma nódoa alvacenta. A mata ia enegrecendo. Um vento frio começou a soprar. As últimas cargas de algodão chegaram ao descaroçador. Houve um apito demorado e os trabalhadores largaram o serviço. Consultei o relógio: seis horas.

— É horrível! — bradou Madalena.

— Como?

— Horrível! insistiu.

— Que é?

— O seu procedimento. Que barbaridade!

Despropósito.

— Que diabo de história...

Estaria tresvariando? Não: estava bem acordada, com os beiços contraídos, uma ruga entre as sobrancelhas.

— Não entendo. Explique-se.

Indignada, a voz trêmula:

— Como tem coragem de espancar uma criatura daquela forma?

— Ah! Sim! Por causa do Marciano. Pensei que fosse coisa séria. Assustou-me.

Naquele momento não supus que um caso tão insignificante pudesse provocar desavença entre pessoas razoáveis.

— Bater assim num homem! Que horror!

Julguei que ela se aborrecesse por outro motivo, pois aquilo era uma frivolidade.

— Ninharia, filha. Está você aí se afogando em pouca água. Essa gente faz o que se manda, mas não vai sem pancada. E Marciano não é propriamente um homem.

— Por quê?

— Eu sei lá! Foi vontade de Deus. É um molambo.

— Claro. Você vive a humilhá-lo.

— Protesto! — exclamei, alterando-me. — Quando o conheci, já ele era molambo.

— Provavelmente porque sempre foi tratado a pontapés.

— Qual nada! É molambo porque nasceu molambo.

Madalena calou-se, deu as costas e começou a subir a ladeira. Acompanhei-a, embuchado. De repente voltou-se e, com voz rouca, uma chama nos olhos azuis, que estavam quase pretos:

— Mas é uma crueldade. Para que fez aquilo?

Perdi os estribos:

— Fiz aquilo porque achei que devia fazer aquilo. E não estou habituado a justificar-me, está ouvindo? Era o que faltava. Grande acontecimento, três ou quatro muxicões num cabra. Que diabo tem você com o Marciano para estar tão parida por ele?

XXII

D. Glória gostava de conversar com seu Ribeiro. Eram conversas intermináveis, em dois tons: ele falava alto e olhava de frente, ela cochichava e olhava para os lados. Quando me via, calava-se.

Compreendo perfeitamente essas mudanças. Fui trabalhador alugado e sei que de ordinário a gente miúda emprega as horas de folga depreciando os que são mais graúdos. Ora, as horas de folga de d. Glória eram quase todas.

Dormia, almoçava, jantava, ceava, lia romances à sombra das laranjeiras e aterrazava Maria das Dores, que endoidecia com a colaboração dela. Queixava-se de tudo: dos ratos, dos sapos, das cobras, da escuridão. Afetava na minha presença uma atitude de vítima. Não se cansava de gabar a cidade, fora de propósito. Passava parte dos dias no escritório.

Seu Ribeiro tratava-a por excelentíssima senhora (Madalena era apenas excelentíssima). Julguei perceber, por certas palavras, gestos e silêncios, que ela ia ali deplorar a sorte da sobrinha. Estava sempre ao pé da carteira, amolando.

Madalena batia no teclado da máquina. Seu Ribeiro escrevia com lentidão trêmula, às vezes se aperreava procurando a régua, a borracha, o frasco de cola, que se ausentavam, porque d. Glória tinha o mau costume de mexer nos objetos e não os pôr nunca onde os encontrava. Eu me danava com essa desordem, fechava a cara, dava ordens secas rapidamente e saía para não estourar. Enfim desabafei. Num dia quatro o balancete do mês passado não estava pronto.

— Por que foi esse atraso, seu Ribeiro? Doença?

O velho esfregou as suíças, angustiado:

— Não senhor. É que há uma diferença nas somas. Desde ontem procuro fazer a conferência, mas não posso.

— Por quê, seu Ribeiro?

E ele calado.

— Está bem. Ponha um cartaz ali na porta proibindo a entrada às pessoas que não tiverem negócio. Aqui trabalha-se. Um cartaz com letras bem grandes. Todas as pessoas, ouviu? Sem exceção.

— Isso é comigo? — disse d. Glória, esticando-se.

— Prepare logo o cartaz, seu Ribeiro.

— Perguntei se era comigo — tornou d. Glória, diminuindo um pouco.

— Ora, minha senhora, é com toda a gente. Se eu digo que não há exceção, não há exceção.

— Vim falar com minha sobrinha — balbuciou d. Glória, reduzindo-se ao seu volume ordinário.

— Sua sobrinha, enquanto estiver nesta sala, não recebe visitas, é um empregado como os outros.

— Eu não sabia. Pensei que não interrompesse.

— Pensou mal. Ninguém pode escrever, calcular e conversar ao mesmo tempo.

D. Glória saiu descrevendo um ângulo reto: esgueirou-se da carteira até a parede e, beirando-a, alcançou a porta, que se abriu e fechou silenciosamente. Sentei-me e comecei a confrontar o diário com o razão. Seu Ribeiro aproximou-se para auxiliar-me.

— Obrigado.

Seu Ribeiro aprontou, com o canivete e a régua, um quadrado de papelão. Madalena levantou-se, cobriu a máquina, trouxe-me as cartas, esperou que eu terminasse a leitura delas e retirou-se. Assinei as cartas e meti-as nos envelopes.

— Que é que d. Glória vem fuxicar aqui, seu Ribeiro?

— Nada de importância — respondeu o guarda-livros. — A senhora d. Glória é um coração de ouro e versa diferentes temas com proficiência, mas eu, para ser franco, não a tenho escutado com a devida atenção.

Achei ridículo interrogar aquele homem grave sobre os mexericos de d. Glória.

— Excelente senhora — afirmava seu Ribeiro, pautando a lápis o quadrado de papelão.

— Mais ou menos.

Levantei-me:

— Cuidado com os intrusos.

— Perfeitamente — respondeu seu Ribeiro.

No salão encontrei Madalena caída no sofá, acabrunhada. Enxugou os olhos à pressa:

— Por que foi aquela brutalidade?

Madalena estava prenhe, e eu pegava nela como em louça fina. Ultimamente dizia-me coisas desagradáveis, que eu fingia não compreender. Via a barriga crescer-lhe. Uma compensação. Sentei-me e, para não desgostá-la:

— Foi realmente brutalidade. Brutalidade necessária, mas enfim brutalidade. É uma peste recorrer a isso.

— E para que recorre? — chasqueou[127] Madalena.

— Já você começa. Esses modos não, tenha paciência. Detesto picuinhas. Comigo é zás-trás, nó cego. Subterfúgios não.

— Quem é que está com subterfúgios? Foi uma brutalidade.

— Necessária.

— Desnecessária. Vê-se bem que você não gosta de minha tia.

— Eu? Nem gosto nem desgosto. Pensei que ela quisesse alguma ocupação. A propósito, é bom você deixar a máquina. Aquilo é ruim para a barriga. Não se sente mal?

— Não.

— Em todo o caso uns meses antes e uns meses depois do parto tem férias.

— Obrigada.

127 Zombou.

— Como ia dizendo, julguei que sua tia quisesse trabalhar. Até uma vez dei a ela uns conselhos, no trem. Espinhou-se. Vive aí com as mãos abanando, lendo bobagens. Não lhe quero mal por isso. Agora o que não acho direito é empatar o serviço dos outros.

— Escute, Paulo — soluçou Madalena —, está enganado. Não tem razão, garanto que não tem razão. Minha tia é uma criatura digna.

— Efetivamente, ela tem uma espécie de dignidade, às vezes, mas a dignidade nela dura pouco.

Madalena prosseguiu:

— Não conheço ninguém que trabalhe mais que d. Glória.

— Ora essa! — bradei com um espanto que me levantou do sofá.

— Vai sair?

Pensando bem, creio que não foi o espanto que me levantou. Provavelmente foi o costume que eu tinha de me dirigir ao campo todos os dias pela manhã. É verdade que o meu espírito estava completamente afastado da lavoura, mas d. Glória e Madalena já me haviam retardado quase uma hora, e o movimento que fiz correspondia a uma necessidade que se tornou clara quando me pus em pé.

— Vamos?

Madalena acompanhou-me e em caminho falou desta forma:

— Você, pelo que me disse, principiou a vida muito pobre.

— Sei lá como principiei! Quando dei por mim, era guia de cego. Depois vendi as cocadas da velha Margarida. Já lhe contei.

— Já. Lutou muito. Mas acredite que d. Glória tem desenvolvido mais atividade que você.

— Estou esperando. Que fez ela?

— Tomou conta de mim, sustentou-me e educou-me.

— Só?

— Acha pouco? É porque você não sabe o esforço que isso custou. Maior que o seu para obter S. Bernardo. E o que é certo é que d. Glória não me troca por S. Bernardo.

Vaidade. Professorinhas de primeiras letras a escola normal fabricava às dúzias. Uma propriedade como S. Bernardo era diferente.

— Não há comparação.

— Morávamos em casa de jogador de espada, disse Madalena. Havia duas cadeiras. Se chegava visita, d. Glória sentava-se num caixão de querosene. A saleta de jantar era o meu gabinete de estudo. A mesa tinha uma perna quebrada e encostava-se à parede. Trabalhei ali muitos anos. À noite baixava a luz do candeeiro, por economia. D. Glória ia para a cozinha resmungar, chorar, lastimar-se. O hábito que ela tem de cochichar e caminhar nas pontas dos pés vem desse tempo. Dormíamos as duas numa cama estreita. Se eu adoecia, d. Glória passava a noite sentada; quando não aguentava o sono, deitava-se no chão.

Madalena calou-se. Impressionado com aquela pobreza, exclamei:

— Diabo! Vocês comeram uma cachorra insossa.

— Quem não adoecia era d. Glória — continuou Madalena. Eu saía para a escola e ela punha o xale, ia cavar a vida. Tinha muitas profissões. Conhecia padres — e fazia flores, punha em ordem alfabética os assentamentos de batizados, enfeitava altares. Conhecia desembargadores — e copiava os acórdãos do tribunal. À noite vendia bilhetes no Floriano. E como o padeiro nosso vizinho era analfabeto, escriturava as contas dele num caderno de balcão. Está claro que, dedicando-se a tantas ocupações miúdas, era mal paga.

— Deve compreender... — murmurei vagamente, olhando os dorsos vermelhos das novilhas mergulhadas no capim-gordura.

Madalena interrompeu-me:

— E nos exames ainda tinha tempo de cabalar[128] os examinadores, Deus e o mundo para eu não ser reprovada. D. Glória é incansável. O que ela não pode é dedicar-se a um trabalho continuado: consome-se em

128 Conspirar.

trabalhos incompletos. É por isso a inquietação em que vive. Aqui não há os bilhetes do cinema, os acórdãos do tribunal, os assentamentos de batizados, o caderno de contas do padeiro. D. Glória vê máquinas e homens que funcionam como as máquinas. Entretanto, d. Glória procura ser útil: vai à igreja, põe flores nos altares e limpa os vidros das imagens na sacristia; tenta cozinhar e não se entende com Maria das Dores; oferece-se para ajudar seu Ribeiro; já experimentou escrever em máquina.

Um caminhão rodou em direção à serraria; vinham da mata pancadas secas de machado; carros de bois chiavam para os lados de Bom-Sucesso.

— Como tenho dito, não concordo com esse esbanjamento de energia. A gente deve habituar-se a fazer uma coisa só.

— D. Glória nada ganharia se se aperfeiçoasse em vender bilhetes no cinema ou escrever os batizados: a paga seria sempre insignificante.

— Por que não se empregou em ofício mais rendoso?

— Difícil. Demais é necessário haver quem venda os bilhetes e copie os acórdãos.

Calei-me — e não senti nenhuma simpatia à pobre da d. Glória. Continuei a julgá-la uma velha bisbilhoteira e de mãos lastimáveis, que deitavam a perder o que pegavam. Aquelas ocupações espalhadas aborreciam-me. Levantei os ombros. E, para não descontentar Madalena:

— Pode ser que você tenha razão. Eu discordo. Mas enfim, cada qual tem lá o seu modo de matar pulgas.

XXIII

Era domingo, de tarde, e eu voltava do descaroçador e da serraria, onde tinha estado a arengar[129] com o maquinista. Um volante empenado e um dínamo que emperrava. O homem prometera endireitar tudo em dois dias. Contratempo. Montes de madeira, algodão enchendo os paióis.

— Desleixados.

129 Discursar.

À beira do riacho, topei a velha Margarida sentada numa pedra, lavando as canelas finas como gravetos.

— Boa tarde, mãe Margarida.

— Louvado seja Nosso Senhor Jesus Cristo — respondeu a negra, procurando reconhecer-me com o nariz e com a orelha.

Descobriu-me entre cheiros e ruídos:

— An!

— Como vai isso, mãe Margarida? A saúde?

— Aqui vamos dando, meu filho. Melhor do que mereço a Deus — disse a velha, enxugando na saia de riscado os cambitos das pernas.

— Falta alguma coisa lá no rancho?

— Falta nada! Tem tudo, a sinhá manda tudo. Um despotismo de luxo: lençóis, sapatos, tanta roupa! Para que isso? Sapato no meu pé não vai. E não me cubro. Só preciso uma esteira. Uma esteira e o fogo.

— Está direito, mãe Margarida. Passe bem.

E saí, agastado com Madalena. Avistei na outra banda Marciano, que tangia o gado.

— Espera lá.

Atravessei a pinguela[130] e fui ver o último produto limousin-caracu.

— Magreirão.

Não estava, mas achei que estava.

— Não me responda, entupa-se.

A culpada era Madalena, que tinha oferecido à Rosa um vestido de seda. É verdade que o vestido tinha um rasgão. Mas era disparate.

— Deitasse fora — foi o que eu disse a Madalena. — Se estava estragado, era deitar fora. Não é pelo prejuízo, é pelo desarranjo que traz a esse povinho um vestido de seda.

130 Pequena ponte improvisada.

Madalena respondeu-me com quatro pedras na mão, e ficamos de venta inchada uma semana. Eu por mim remoí um rancor excessivo.

O telhado da serraria era uma nódoa vermelha que as chuvas, aqui e ali, haviam tingido de preto. Na outra margem do riacho a cabeça curvada de Margarida mexia-se lentamente por cima das hastes do capim. E, subindo uma vereda, a figurinha de Marciano colava-se às reses.

— Estúpida! — exclamei com raiva.

E pensei no vestido da Rosa, nos sapatos e nos lençóis da velha Margarida.

— Desperdício.

Depois recordei o volante e o dínamo.

— Estúpida!

Está visto que Madalena não tinha nada com o descaroçador e a serraria, mas naquele momento não refleti nisso: misturei tudo e a minha cólera aumentou. Uma cólera despropositada. Esqueci os presentes que, há alguns anos, a Rosa me comeu (pó de arroz, voltas de conta) e as despesas que fiz com Margarida, até automóvel ao sertão, até clichês para o jornal do Gondim. O que me pareceu foi que Madalena estava gastando à toa.

— À toa, percebem?

Repeti para convencer-me:

— À toa. Desperdício.

Por cima do capim-gordura já não se via a cabecinha branca de Margarida. Num cotovelo do caminho o vulto de Marciano tinha desaparecido. Com o descambar do sol, o telhado da serraria estava mais vermelho.

Não seria mau despedir o maquinista.

— Que gente!

Concentrei-me no caso do dínamo, que era o que me havia predisposto a considerar prodigalidades os sapatos, os lençóis e o vestido de seda. Depois tranquilizei-me. Arredar o maquinista, sim senhor, boa solução.

Demorei-me um instante vendo um casal de papa-capins namorando escandalosamente. Uma galinhagem desgraçada. Dentro de alguns dias aquilo se descasava, cada qual tomava seu rumo, sem dar explicações a ninguém.

Que sorte! E dirigi-me a casa. No alpendre Madalena, Padilha, d. Glória e seu Ribeiro conversavam. Com a minha chegada calaram-se.

Puxei uma cadeira e sentei-me longe deles. Era possível que a palestra não me interessasse, mas suspeitei que estivessem falando mal de mim. Provavelmente. D. Glória sempre com segredinhos ao ouvido de seu Ribeiro. E Madalena escutando o Padilha. O Padilha, que tinha uma alma baixa, na opinião dela. Para o inferno. Tão bom era um como o outro. Entretidos, animados. Conspiração. Talvez não fosse nada. Mas para quem, como eu, andava com a pulga atrás da orelha! Aborrecia.

Estavam constrangidos, certamente adivinhando o que eu pensava. Padilha mastigava com os dentes estragados o sorriso servil.

Levantei-me, encostei-me à balaustrada e comecei a encher o cachimbo, voltando-me para fora, que no interior da minha casa tudo era desagradável.

No fim do pátio um moleque passou, com um bodoque[131] na mão. Estava ali para que servia a escola. Vadiando, matando passarinhos, num dia de descanso, bom para soletrar a cartilha e riscar papel.

Seis contos de tábuas, mapas, quadros e outros enfeites de parede. Seis contos!

Carrancudo, olhei de esguelha para Madalena, que ficou sossegada, como se aquilo não tivesse sido feito por ela.

Acendi o cachimbo, furiosamente, e procurei distrair-me. O rancho de Margarida escondia-se entre as folhas das bananeiras. Marciano saiu do estábulo e veio vindo, banzeiro[132], derreando-se; diante da casa-grande tirou o chapéu e escondeu o cigarro. A pedreira, lá em cima, estava quase invisível depois que o caminho para ela se tinha fechado.

131 Espécie de estilingue.
132 Cambaleante.

A prefeitura não queria mais comprar pedras, as construções na fazenda estavam terminadas. E mestre Caetano, gemendo no catre, recebia todas as semanas um dinheirão de Madalena. Sim senhor, uma panqueca. Visitas, remédios de farmácia, galinhas.

— Não há nada como ser entrevado.

Necessitava, é claro, mas se eu fosse sustentar os necessitados, arrasava-me. Além de tudo vestido de seda para a Rosa, sapatos e lençóis para Margarida. Sem me consultar. Já viram descaramento assim? Um abuso, um roubo, positivamente um roubo.

Voltei a sentar-me. Madalena entrou a falar com o Padilha, mas não percebi o que diziam. O constrangimento foi desaparecendo. Padilha tinha os olhos baixos.

Por que era que eu não punha o Padilha fora de casa, aquele parasita que me levava cento e cinquenta mil-réis por mês com a tapeação da escola e estava fuxicando, visivelmente fuxicando?

Virei o rosto e descansei a vista no pátio, muito alvo, coberto de pedra miúda e areia. Andavam ali àquela hora pombos como os diabos, voando baixo, passeando, emproados, beliscando o chão. Contei uns cinquenta. Perdi a conta, recomecei sem resultado. Eram bem duzentos.

Recordei o tempo em que aquilo só tinha muçambês e lama. O riacho, um pouco de água turva num sulco estreito e tortuoso, derramava-se pela várzea, empapando o solo. E as cercas do Mendonça avançando.

Que diferença! Senti desejo de levantar-me e exclamar:

— Vejam isto. Estão dormindo? Acordem. As casas, a igreja, a estrada, o açude, as pastagens, tudo é novo. O algodoal tem quase uma légua de comprimento e meia de largura. E a mata é uma riqueza. Cada pé de amarelo! Cada cedro! Olhem o descaroçador, a serraria. Pensam que isto nasceu assim sem mais nem menos?

Padilha continuava tagarelando com Madalena. Ergui os ombros:

— Para o inferno, para a casa da peste!

Seu Ribeiro aprovava com gravidade as tolices de d. Glória.

Casimiro Lopes veio sentar-se num degrau da calçada. Picando fumo com a faca de ponta e preparando o cigarro de palha, deitava os olhos de cão ao prado, ao açude, à igreja, às plantações. Pobre do Casimiro Lopes. Ia-me esquecendo dele. Calado, fiel, pau para toda a obra, era a única pessoa que me compreendia. Mandou-me um sorriso triste. Estirei o beiço, dizendo em silêncio:

— Isto vai ruim, Casimiro.

Casimiro Lopes arregaçou as ventas numa careta desgostosa.

Os outros continuavam a zumbir. Sebo! Uns insetos. Não valia a pena prestar atenção a semelhantes insignificâncias. Gente besta.

Ergui-me, bocejando. O que eu estava era cansado. O dia inteiro no campo, inquirindo, esmiuçando. Senti as pernas bambas. Cansado.

A noite chegava. Um pretume no interior da casa. Lembrei-me do dínamo encrencado. Mais esta. Deixei o alpendre e entrei:

— Maria das Dores, acenda os candeeiros.

O pequeno berrava como bezerro desmamado. Não me contive: voltei e gritei para d. Glória e Madalena:

— Vão ver aquele infeliz. Isso tem jeito? Aí na prosa, e pode o mundo vir abaixo. A criança esgoelando-se!

Madalena tinha tido menino.

XXIV

Fazia dois anos que eu estava casado, e por isso João Nogueira, padre Silvestre e Azevedo Gondim jantavam conosco.

Ora exatamente nesse dia repreendi Padilha e ele me gaguejou umas desculpas a que não liguei importância, mas que depois de algumas horas cresceram muito.

— Ó Padilha, chegue cá — disse-lhe de manhã no jardim, onde ele colhia flores. — Ninguém aqui está preso. Se o serviço lhe desagrada, é arribar.

— Por quê, seu Paulo? — exclamou Luís Padilha, atordoado.

— Ora, por quê? Apanhando flores, homem! Olhe o relógio.

— Foi a d. Madalena que mandou tirar umas rosas.

— Você é jardineiro? A d. Madalena não dá ordens. Você me anda gastando o tempo com falatórios!

— Isso não é comigo — defendeu-se Padilha. — Queixe-se dela. A moça me pediu umas flores para enfeitar a mesa, à tarde. Que é que eu havia de fazer? Havia de negar? E quanto às conversas, seu Paulo compreende. Uma senhora instruída meter-se nestas bibocas! Precisa uma pessoa com quem possa entreter de vez em quando palestras amenas e variadas.

Achei graça. E não prestei mais atenção a Padilha, que, espetando os dedos nos espinhos, devastou uma roseira, à pressa, e escapuliu-se. Palestras amenas!

Mais tarde, no escritório, uma ideia indeterminada saltou-me na cabeça, esteve por lá um instante quebrando louça e deu o fora. Quando tentei agarrá-la, ia longe. Interrompi a leitura da carta que tinha diante de mim e, sem saber por quê, olhei Madalena desconfiado. Estava de pé, encostada à carteira, mexia distraída as folhas do razão e contemplava pela janela os paus-d'arco distantes.

Maquinalmente, assinei o papel; Madalena estendeu-me outro, maquinalmente. Nisto a ideia voltou. Movia-se, porém, com tanta rapidez que não me foi possível distingui-la. Estremeci, e pareceu-me que a cara de Madalena estava mudada. Mas a impressão durou pouco.

Embrenhei-me no trabalho e, à tarde, quando os amigos desceram do automóvel, sentia-me perfeitamente tranquilo.

— Ora, sejam bem aparecidos.

Como não eram de cerimônia, levei-os para o interior, fui matar a sede do Gondim, que, quando chega a S. Bernardo, exige conhaque.

Durante o jantar, estiveram todos muito animados. E até eu, que ignoro os assuntos que eles debatiam, entrei na dança.

Para começar, Azevedo Gondim, a quem o conhaque tinha tirado as peias da língua, elogiou a vida campestre:

— Isto é que é! Vejam se na cidade, ciscando no fundo dos quintais, se criava um peru deste tamanho. Que bicho fornido[133]! Benza-o Deus.

D. Glória deu um muxoxo[134] e desviou a vista do centro da mesa, onde, acocorado na travessa, um peru recebia aqueles louvores despropositados. Padre Silvestre acompanhou o movimento de d. Glória e deu com os olhos nos canteiros do jardim e nas alamedas do pomar.

— Realmente deve ser uma delícia viver neste paraíso. Que beleza!

— Para quem vem de fora, atalhei. Aqui a gente se acostuma. Afinal não cultivo isto como enfeite. É para vender.

— As flores também? — perguntou Azevedo Gondim.

— Tudo. Flores, hortaliça, fruta...

— Está aí! — exclamou padre Silvestre, balançando a cabecinha grisalha e enrugando a testa estreita. — O que é ter senso! Se todos os brasileiros pensassem assim, não estaríamos presenciando tanta miséria.

— Política, padre Silvestre? — fez João Nogueira, sorrindo.

Padre Silvestre arregalou os olhinhos baços[135]:

— Por que não? O senhor há de confessar que estamos à beira de um abismo.

Padre Silvestre é desorientado. Com uma freguesia trabalhosa, anda no mundo da lua. Danadamente liberal.

Padilha meteu o bedelho na conversa:

— Apoiado.

— Um abismo — repetiu padre Silvestre.

— Que abismo? — perguntou Azevedo Gondim.

O reverendo estudou uma resposta enérgica:

133 Robusto.
134 Sinal de desprezo feito com a boca.
135 Sem brilho.

— Isso que se vê. É a falência do regime. Desonestidades, patifarias.

— Quais são os patifes? — inquiriu João Nogueira.

Padre Silvestre estirou o beiço inferior e amoitou-se. As opiniões dele são as opiniões dos jornais. Como, porém, essas opiniões variam, padre Silvestre, impossibilitado de admitir coisas contraditórias, lê apenas as folhas da oposição. Acredita nelas. Mas experimenta às vezes dúvidas. Elas juram que os homens do governo são malandros, e ele conhece alguns respeitáveis. Isso prejudica as convicções que a letra impressa lhe dá. Necessitando acomodar as suas observações com as afirmações alheias, acha que os políticos, individualmente, são criaturas como as outras, mas em conjunto são uns malfeitores.

— Ora essa! Não me compete denunciar ninguém. Os fatos são os fatos. Observe.

— É bom apontar — insistiu João Nogueira.

— Para quê? A facção dominante está caindo de podre. O país naufraga, seu doutor. É o que lhe digo: o país naufraga.

Passei-lhe uma garrafa e informei-me:

— Que foi que lhe aconteceu para o senhor ter essas ideias? Desgostos? Cá no meu fraco entender, a gente só fala assim quando a receita não cobre a despesa. Suponho que os seus negócios vão bem.

— Não se trata de mim. São as finanças do Estado que vão mal. As finanças e o resto. Mas não se iludam. Há de haver uma revolução!

— Era o que faltava. Escangalhava-se esta gangorra.

— Por quê? — perguntou Madalena.

— Você também é revolucionária? — exclamei com mau modo.

— Estou apenas perguntando por quê.

— Ora, por quê? Porque o crédito se sumia, o câmbio baixava, a mercadoria estrangeira ficava pela hora da morte. Sem falar na atrapalhação política.

— Seria magnífico — interrompeu Madalena. — Depois se endireitava tudo.

— Com certeza — apoiou Luís Padilha.

— Vocês sabem o que estão dizendo?

— O que admira é padre Silvestre desejar a revolução — disse Nogueira. — Que vantagem lhe traria ela?

— Nenhuma — respondeu o vigário. — A mim não traria vantagem. Mas a coletividade ganharia muito.

— Esperem por isso — atalhou Azevedo Gondim. — Os senhores estão preparando uma fogueira e vão assar-se nela.

— Literatura! — resmungou Padilha.

— Literatura não — gritou Azevedo Gondim. — Se rebentar a encrenca, há de sair boa coisa, hem, Nogueira?

— O fascismo.

— Era o que vocês queriam. Teremos o comunismo.

D. Glória benzeu-se e seu Ribeiro opinou:

— Deus nos livre.

— Tem medo, seu Ribeiro? — perguntou Madalena, sorrindo.

— Já vi muitas transformações, excelentíssima, e todas ruins.

— Nada disso — asseverou padre Silvestre. — Essas doutrinas exóticas não se adaptam entre nós. O comunismo é a miséria, a desorganização da sociedade, a fome.

Seu Ribeiro passou os dedos pela careca lustrosa:

— No tempo de d. Pedro, corria pouco dinheiro, e quem possuía um conto de réis era rico. Mas havia fartura, a abóbora apodrecia na roça. Mamona, caroço de algodão, não tinham valor. Com a proclamação da república ficaram custando os olhos da cara. Por isso eu digo que essas mudanças só servem para atrapalhar a vida. A estrada de ferro...

— Uma nação sem Deus! — bradava padre Silvestre a d. Glória. — Fuzilaram os padres, não escapou um. E os soldados, bêbedos, espatifavam os santos e dançavam em cima dos altares.

D. Glória gemia com as mãos no peito:

— Que horror! É possível! Nos altares!

— Espatifaram nada! — interveio Padilha. — Isso é propaganda contrarrevolucionária.

— E o senhor trabalha para isso, padre Silvestre — exclamou Gondim.

O vigário desculpou-se:

— Eu não. Estou quieto, no meu canto. Agora achar que o governo é mau, eu acho. Que há urgências de reforma, há. Quanto ao comunismo, lorota, não pega. Descansem: entre nós não pega. O povo tem religião, o povo é católico.

João Nogueira discordou:

— É o que ele não é. Ninguém conhece doutrina. Se um protestante canta hinos e prega o evangelho, os devotos das procissões vão escutá-lo; outros pendem para o espiritismo; e a canalha acredita em feitiçaria e até adora árvores. Muitos entram no catolicismo como num hotel, escolhem um prato, com fastio[136], e cruzam o talher. Os mais avançados são dispépticos[137]. O senhor se engana, padre Silvestre; essa gente ouve missa, mas não é católica, e tanto se deixa levar para um lado como para outro.

Padre Silvestre desnorteou-se:

— Nesse caso...

Mas João Nogueira tinha terminado. E estava conversando comigo, em voz baixa, esculhambando o dr. Magalhães.

Madalena falava com seu Ribeiro:

— Que é que o senhor perdia?

— Não sei, excelentíssima. Talvez perdesse. A mim só chegam desgraças. Enfim tenho aqui um pedaço de pão. E se essa infelicidade viesse, nem isso me davam.

136 Falta de apetite.
137 Quem sofre de indigestão.

Madalena procurava convencê-lo, mas não percebi o que dizia. De repente invadiu-me uma espécie de desconfiança. Já havia experimentado um sentimento assim desagradável. Quando?

João Nogueira aniquilava o dr. Magalhães. D. Glória, cheia de comida e de calor, ia cerrando os olhos, já indiferente ao perigo que anunciavam. Seu Ribeiro, cabeçudo, não queria inovações. E Azevedo Gondim, vermelho, afirmava a padre Silvestre:

— Não há. O Nogueira tem razão, não há. Conheço homens que defendem a religião nos jornais e nunca viram a Bíblia.

Quando? Num momento esclareceu-se tudo: tinha sido naquele mesmo dia, no escritório, enquanto Madalena me entregava as cartas para assinar.

Sim senhor! Conluiada com o Padilha e tentando afastar os empregados sérios do bom caminho. Sim senhor, comunista! Eu construindo e ela desmanchando.

Levantamo-nos e fomos tomar café no salão.

— Sim senhor, comunista!

— É a corrupção, a dissolução da família — teimava padre Silvestre.

Ninguém respondeu.

Ignoro essas coisas, naturalmente, mas desejei saber o que Madalena pensava a respeito delas.

O vigário só fazia gritar.

Qual seria a opinião de Madalena?

— Aí padre Silvestre tem razão — concordou Gondim. — A religião é um freio.

— Bobagem! — disse Nogueira. — Quem é cavalo para precisar freio?

Qual seria a religião de Madalena? Talvez nenhuma. Nunca me havia tratado disso.

— Monstruosidade.

E repeti baixinho, lentamente e sem convicção:

— Monstruosidade!

Materialista. Lembrei-me de ter ouvido Costa Brito falar em materialismo histórico. Que significava materialismo histórico?

A verdade é que não me preocupo muito com o outro mundo. Admito Deus, pagador celeste dos meus trabalhadores, mal remunerados cá na terra, e admito o diabo, futuro carrasco do ladrão que me furtou uma vaca de raça. Tenho portanto um pouco de religião, embora julgue que, em parte, ela é dispensável num homem. Mas mulher sem religião é horrível.

Comunista, materialista. Bonito casamento! Amizade com o Padilha, aquele imbecil. "Palestras amenas e variadas." Que haveria nas palestras? Reformas sociais, ou coisa pior. Sei lá! Mulher sem religião é capaz de tudo.

— Sem dúvida — respondi a uma lenga-lenga que padre Silvestre me infligia.

Seu Ribeiro e Azevedo Gondim amolavam-se, com pachorra. D. Glória cochilava. Padilha fumava a um canto.

— Provavelmente.

Creio que disse disparate, porque padre Silvestre divergiu e sapecou-me uma demonstração incompreensível.

Procurei Madalena e avistei-a derretendo-se e sorrindo para o Nogueira, num vão de janela.

Confio em mim. Mas exagerei os olhos bonitos do Nogueira, a roupa benfeita, a voz insinuante. Pensei nos meus oitenta e nove quilos, neste rosto vermelho de sobrancelhas espessas. Cruzei descontente as mãos enormes, cabeludas, endurecidas em muitos anos de lavoura. Misturei tudo ao materialismo e ao comunismo de Madalena — e comecei a sentir ciúmes.

XXV

Comecei a sentir ciúmes. O meu primeiro desejo foi agarrar o Padilha pelas orelhas e deitá-lo fora, a pontapés. Mas conservei-o para vingar-me. Arredei-o de casa, a bem dizer prendi-o na escola. Lá vivia, lá dormia, lá recebia alimento, boia fria, num tabuleiro.

SÃO BERNARDO

Estive quatro meses sem lhe pagar o ordenado. E quando o vi sucumbido, magro, com o colarinho sujo e o cabelo crescido, pilheriei:

— Tenha paciência. Logo você se desforra. Você é um apóstolo. Continue a escrever os contozinhos sobre o proletário.

O infeliz defendia-se. Com as humilhações continuadas, limitava-se por fim a engolir em seco. Um dia chorou, pediu-me soluçando que lhe arranjasse uma colocação no fisco estadual.

— Impossível, Padilha. Espere o soviete. Você se colocará com facilidade na guarda vermelha. Quando isso acontecer, não se lembre de mim não, Padilha, seja camarada.

Na casa-grande, que Tubarão e Casimiro Lopes guardavam, a vida era uma tristeza, um aborrecimento. D. Glória passava as tardes debaixo das laranjeiras, empalhando-se com brochuras e folhetins. Madalena bordava e tinha o rosto coberto de sombras.

Às vezes as sombras se adelgaçavam. E findo o trabalho, tudo convidava a gente às conversas moles, aos cochilos, ao embrutecimento.

Uma aragem corria. Vinham-me arrepios bons, desejo de espreguiçar-me. Via o monte, que a fita vermelha da estrada contorna, a mata, o algodoal, a água parada do açude.

Madalena soltava o bordado e enfiava os olhos na paisagem. Os olhos cresciam. Lindos olhos.

Sem nos mexermos, sentíamos que nos juntávamos, cautelosamente, cada um receando magoar o outro. Sorrisos constrangidos e gestos vagos.

Eu narrava o sertão. Madalena contava fatos da escola normal. Depois vinha o arrefecimento. Infalível. A escola normal! Na opinião do Silveira, as normalistas pintam o bode, e o Silveira conhece instrução pública nas pontas dos dedos, até compõe regulamentos. As moças aprendem muito na escola normal.

Não gosto de mulheres sabidas. Chamam-se intelectuais e são horríveis. Tenho visto algumas que recitam versos no teatro, fazem conferências e conduzem um marido ou coisa que o valha. Falam bonito no palco, mas intimamente, com as cortinas cerradas, dizem:

— Me auxilia, meu bem.

Nunca me disseram isso, mas disseram ao Nogueira. Imagino. Aparecem nas cidades do interior, sorrindo, vendendo folhetos, discursos, etc. Provavelmente empestaram as capitais. Horríveis.

Madalena, propriamente, não era uma intelectual. Mas descuidava-se da religião, lia os telegramas estrangeiros.

E eu me retraía, murchava.

Requebrando-se para o Nogueira, ao pé da janela, sorrindo! Sorrindo exatamente como as outras, as que fazem conferências. Perigo. Quem se remexer para João Nogueira estrepa-se. Bom advogado, negócios direitos, sim sim, não não; mas no gênero mulher é uma rede, não deita água a pinto. E aquela conversa teria sido a primeira? Antes da minha bruta cabeçada, eles se entendiam. Talvez namorassem. Quando, em casa do dr. Magalhães, eu tinha encontrado Madalena, João Nogueira estava lá. Tapado, o dr. Magalhães, tapadíssimo. Escutá-lo é pior que ouvir serrar madeira. "Sou juiz, entende? Juiz. Levanto-me pela manhã." O Nogueira, de olho duro[138], gramando aquilo! Interesse. Começara a falar em política, Madalena levantara a cabeça, curiosa. E, com dois anos de casada, num vão de janela, desmanchava-se toda para ele.

Erguia-me, insultava-a mentalmente:

— Perua!

Até com o Padilha! Como diabo tinha ela coragem de se chegar a uma lazeira como o Padilha? A questão social.

— Está aqui para a questão social. O que há é sem-vergonheza.

Depois a colaboração no jornal do Gondim. Continuava a colaborar. Pouco, mas continuava. O Gondim e ela tinham sido unha com carne. Lembram-se da tarde em que ele me deu parabéns, estupidamente? Familiaridade. E discutiam as pernas e os peitos dela!

Eu tinha razão para confiar em semelhante mulher? Mulher intelectual.

138 Mentiroso.

E a minha cara devia ser terrível, porque Madalena empalidecia e dava para tremer.

Se eu soubesse... Soubesse o quê! Há lá marido que saiba nada?

Era possível que os caboclos do eito estivessem mangando de mim. Até Marciano e a Rosa comentariam o caso, na cama, de noite.

O Marciano conheceria as minhas relações com a Rosa? Não conhecia. Tive sempre o cuidado de mandá-lo à cidade, a compras, oportunamente. E talvez não quisesse conhecer. Também se podia admitir que fosse dotado de pouca penetração.

— Enfim, certeza, certeza de verdade, ninguém tem.

Que diria seu Ribeiro? Que diria d. Glória?

Afastava-me, lento, ia ver o pequeno, que engatinhava pelos quartos, às quedas, abandonado. Acocorava-me e examinava-o. Era magro. Tinha os cabelos louros, como os da mãe. Olhos agateados. Os meus são escuros. Nariz chato. De ordinário as crianças têm o nariz chato.

Interrompia o exame, indeciso: não havia sinais meus; também não havia os de outro homem.

E o pequeno continuava a arrastar-se, caindo, chorando, feio como os pecados. As perninhas e os bracinhos eram finos que faziam dó. Gritava dia e noite, gritava como um condenado, e a ama vivia meio doida de sono. Às vezes ficava roxo de berrar, e receei que estivesse morrendo quando padre Silvestre lhe molhou a cabeça na pia. Com a dentição encheu-se de tumores, cobriram-no de esparadrapos: direitinho uma rês casteada. Ninguém se interessava por ele. D. Glória lia. Madalena andava pelos cantos, com as pálpebras vermelhas e suspirando. Eu dizia comigo:

— Se ela não quer bem ao filho!

E o filho chorava, chorava continuadamente. Casimiro Lopes era a única pessoa que lhe tinha amizade. Levava-o para o alpendre e lá se punha a papaguear com ele, dizendo histórias de onças, cantando para o embalar as cantigas do sertão. O menino trepava-lhe às pernas, puxava-lhe a barba, e ele cantava:

"*Eu nasci de sete meses;*

fui criado sem mamar.

Bebi leite de cem vacas

na porteira do curral."

Boa alma, Casimiro Lopes. Nunca vi ninguém mais simples. Estou convencido de que não guarda lembrança do mal que pratica. Toda a gente o julga uma fera. Exagero. A ferocidade aparece nele raramente. Não compreende nada, exprime-se mal e é crédulo como um selvagem.

XXVI

Fui indo sempre de mal a pior. Tive a impressão de que me achava doente, muito doente. Fastio, inquietação constante e raiva. Madalena, Padilha, d. Glória, que trempe! O meu desejo era pegar Madalena e dar-lhe pancada até no céu da boca. Pancada em d. Glória também, que tinha gasto anos trabalhando como cavalo de matuto para criar aquela cobrinha.

Os fatos mais insignificantes avultaram em demasia. Um gesto, uma palavra à toa logo me despertavam suspeitas.

Mulher de escola normal! O Silveira me tinha prevenido, indiretamente. Agora era aguentar as consequências da topada, para não ser besta.

Aguentar! Ora aguentar! Eu ia lá continuar a aguentar semelhante desgraça? O que me faltava era uma prova: entrar no quarto de supetão e vê-la na cama com outro.

Atormentava-me a ideia de surpreendê-la. Comecei a mexer-lhe nas malas, nos livros, e a abrir-lhe a correspondência. Madalena chorou, gritou, teve um ataque de nervos. Depois vieram outros ataques, outros choros, outros gritos, choveram descomposturas e a minha vida se tornou um inferno.

Um dia, de passagem pela fazenda, o dr. Magalhães almoçou comigo. Espreitando-o, notei que as amabilidades dele para Madalena foram excessivas. Efetivamente nas palavras que disseram não descobri mau sentido; a intenção estava era nos modos, nos olhares, nos sorrisos. Houve, segundo me pareceu, cochichos e movimentos equívocos.

À noite não consegui dormir. Passei horas sentado, odiando Madalena, que se enroscava num canto da cama, as pernas encolhidas apertando o estômago.

Com o dr. Magalhães, homem idoso! Considerei que também eu era um homem idoso, esfreguei a barba, triste. Em parte, a culpa era minha: não me tratava. Ocupado com o diabo da lavoura, ficava três, quatro dias sem raspar a cara. E quando voltava do serviço, trazia lama até nos olhos: deem por visto um porco. Metia-me em água quente, mas não havia esfregação que tirasse aquilo tudo.

Que mãos enormes! As palmas eram enormes, gretadas, calosas, duras como casco de cavalo. E os dedos eram também enormes, curtos e grossos. Acariciar uma fêmea com semelhantes mãos!

As do dr. Magalhães, homem de pena, eram macias como pelica, e as unhas, bem aparadas, certamente não arranhavam. Se ele só pegava em autos!

Madalena ressonava. Tão franzina, tão delicada! Ultimamente ia emagrecendo.

Levantei-me e aproximei-me da luz. As minhas mãos eram realmente enormes. Fui ao espelho. Muito feio, o dr. Magalhães; mas eu, naquela vida dos mil diabos, berrando com os caboclos o dia inteiro, ao sol, estava medonho. Queimado. Que sobrancelhas! O cabelo era grisalho, mas a barba embranquecia. Sem me barbear! Que desleixo!

No dia seguinte encontrei Madalena escrevendo. Avizinhei-me nas pontas dos pés e li o endereço de Azevedo Gondim.

— Faz favor de mostrar isso?

Madalena agarrou uma folha que ainda não havia sido dobrada.

— Não tem que ver. Só interessa a mim.

— Perfeitamente. Mas é bom mostrar. Faz favor?

— Já não lhe disse que só interessa a mim? Que arrelia!

— Mostra a carta — insisti, segurando-a pelos ombros.

Madalena defendia-se, ora levantando o papel com os braços estirados, ora escondendo-o atrás das costas:

— Vá para o inferno, trate da sua vida.

Aquela resistência enfureceu-me:

— Deixa ver a carta, galinha.

Madalena desprendeu-se e entrou a correr pelo quarto, gritando:

— Canalha!

D. Glória chegou à porta, assustada:

— Pelo amor de Deus! Estão ouvindo lá fora.

Perdi a cabeça:

— Vá amolar a puta que a pariu. Está mouca[139], aí com a sua carinha de santa? É isto: puta que a pariu. E se achar ruim, rua. A senhora e a boa de sua sobrinha, compreende? Puta que pariu as duas.

D. Glória fugiu com o lenço nos olhos.

— Miserável! — bradou Madalena.

E eu só sabia dizer:

— Mostra a carta, perua.

Madalena rasgou o papel em pedacinhos e atirou-os pela janela:

— Miserável!

Saiu como um redemoinho. No corredor ainda gritou:

— Assassino!

Atordoado, murmurei:

— Cachorra!

E fiquei olhando os pedaços de papel que na manhã de vento esvoaçavam pelo jardim, entre as folhas das roseiras. Longe, no salão ou na cozinha, Madalena continuava a gritar:

— Assassino!

139 Pessoa com baixa audição.

Os outros nomes feios que ela me havia dito não tinham significação. Aquele tinha uma significação. Era o que me atormentava. Mulheres, criaturas sensíveis, não devem meter-se em negócios de homens.

Antes dela, a única pessoa que, na tábua da venta, me tachou de assassino foi Costa Brito, pela seção livre da *Gazeta*. Justamente quando acabava de dar-lhe o troco, tinha-me encangado a Madalena. Canga infeliz! Não era melhor que eu tivesse quebrado uma perna? Mais vale uma boa amigação que certos casamentos.

Assassino! Como achara ela uma ofensa tão inesperada? Acaso? Ou teria lido o jornal do Brito? O mais provável era Padilha haver referido alguns mexericos que por aí circulam. Sim senhor! Estava o Padilha mudado em indivíduo capaz de fazer mal. Que graça! O Padilha! Recordei-me do caso do Jaqueira, mas a recordação desapareceu, e comecei a dizer mentalmente:

— Assassino! Assassino!

Encolerizei-me por estar perdendo tempo com tolices.

— Madalena, d. Glória, Padilha, puta que pariu a todos.

Ali malucando, e a gente do eito à vontade, cobrindo mato. Espreguicei-me. Uma noite sem dormir! Depois estremeci e olhei as mãos. As minhas mãos eram enormes, com efeito.

O Jaqueira... Ah! sim! tinha sido anos atrás. De repente achei que Madalena estava sendo ingrata com o pobre do Casimiro Lopes. Afinal...

Assassino! Que sabia ela da minha vida? Nunca lhe fiz confidências. Cada qual tem os seus segredos. Seria interessante se andássemos dizendo tudo uns aos outros. Cada um tem os seus achaques. Madalena, que vinha da escola normal, devia ter muitos. Podia eu conhecer o passado dela?

O presente era ruim, via-se que era ruim.

Ainda em cima ingrata. Casimiro Lopes levava o filho dela para o alpendre e embalava-o, cantando, aboiando. Que trapalhada! que confusão! Ela não tinha chamado assassino a Casimiro Lopes, mas a mim. Naquele momento, porém, não vi nas minhas ideias nenhuma incoerência.

E não me espantaria se me afirmassem que eu e Casimiro Lopes éramos uma pessoa só.

O Padilha! Cabra ruim é que desgraça um homem. Quem havia de supor que o Jaqueira...

Outra vez o Jaqueira. Aqui vai, resumido, o caso do Jaqueira. Jaqueira era um sujeito empambado, e os moleques, as quengas de pote e esteira, batiam nele. Jaqueira recebia as pancadas e resmungava:

— Um dia eu mato um peste.

Toda a gente dormia com a mulher do Jaqueira. Era só empurrar a porta. Se a mulher não abria logo, Jaqueira ia abrir, bocejando e ameaçando:

— Um dia eu mato um peste.

Matou. Escondeu-se por detrás de um pau e descarregou a lazarina bem no coração de um freguês. No júri, cortaram a cabeça por seis votos (patifaria). Saiu da cadeia e tornou-se um cidadão respeitado. Nunca mais ninguém buliu[140] com o Jaqueira.

XXVII

Quando serenei, pareceu-me que houvera barulho sem motivo. O dr. Magalhães tinha feitio para dirigir amabilidades a qualquer senhora sem que ninguém desconfiasse dele. E o papel endereçado ao Gondim devia ser literatura para composição. Não era senão isso. Coisas tão fúteis — e em consequência um arranca-rabo estúpido, com desaforo grosso, Maria das Dores ouvindo, seu Ribeiro ouvindo. Sebo!

Madalena era honesta, claro. Não mostrara o papel para não dar o braço a torcer, por dignidade, claríssimo. Ciúme idiota.

Mais bem-comportada que ela só num convento. Circunspecta[141], sem nó pelas costas. E caridosa, de quebra, até com os bichinhos do mato. A respeito de pensamento nada se sabia, que no pensamento de outra pessoa ninguém vai; mas quanto a palavras e obras era intacável.

140 Mexeu.
141 Ponderada.

Podia ter-me dito insultos piores. Pior que assassino? Muito duro. Mas não me queixava dela, queixava-me do Padilha, aquele descarado.

Depois da violência da manhã, sentia-me cheio de otimismo, e a brutalidade que há em mim virava-se para o mestre-escola.

Sem-vergonha! Era despedi-lo. À tarde fui tratar disso.

Padilha ofereceu-me a cadeira, sentou-se num tamborete e, sério, em atitude de galinha assada:

— Às suas ordens, seu Paulo Honório.

— Uma notícia desagradável. Não preciso mais dos seus serviços.

— Por quê? — disse Padilha aturdido. — Que foi que eu fiz?

— Ora essa! Pergunta a mim? Você deve saber o que fez.

— Não fiz nada. Que é que havia de fazer, trancado? A minha sujeição é maior que a dos presos da cadeia. Não saio. Se me afasto vinte passos, é com o Casimiro no cós das calças. Que foi que eu fiz? Aponte uma falta.

— Não dou explicações.

Padilha baixou a cabeça:

— Está certo. Sempre na linha, e por fim uma desta! Entra ano, sai ano, e o trouxa do empregado no toco, direito como um fuso, cumprindo as obrigações, procurando agradar. Quando espera aumento de ordenado, lá vem pontapé.

Levantou-se:

— Dê-me ao menos alguns dias para arrumar os troços e cavar um osso. Eu não posso sair assim com uma mão atrás, outra adiante.

Ergui-me também:

— Tem um mês para se retirar.

— Muito obrigado, balbuciou Padilha. A gente ainda deve agradecer. Bem feito. Se eu não servisse de espoleta a sua mulher, não acontecia isto.

Indignou-se:

— Espoleta! "Vá buscar um livro, seu Padilha." Eu ia. "Traga papel, seu Padilha." Eu trazia. "Copie esta página, seu Padilha." Eu copiava. "Apanhe umas laranjas, seu Padilha." Até apanhar laranjas! Espoleta! Aquela mulher foi a causa da minha desgraça.

— Emende a língua — ordenei.

— Que foi que eu disse? Que era espoleta. Era. Por isso o senhor me demite.

— Nada! O que há é que você andava fazendo fuxicos, homem. Andava intrigando, homem. Andava tecendo enredos, homem.

Luís Padilha embatucou. Depois, de um fôlego:

— Quais são as intrigas, os fuxicos, os enredos? O senhor não mostra um. Eu sou culpado de sua mulher ter ideias avançadas? Se é isso...

— Não, não é isso.

— Então não sei.

— Escute, Padilha. Eu estou pegando cinquenta anos e tenho corrido mundo. Você não me bota papa na língua não. Vejo muita coisa e fecho os olhos, filho de Deus. Se eu afirmo que você vivia com fuxicos, é porque você vivia com fuxicos.

Padilha catava pulgas:

— Pois diga. A minha consciência não me acusa. Diga. Quando a gente sabe, diz.

— Deixe de chove não molha — repliquei troçando com ele. — Você não contou invenções a Madalena? Você não falou de mim? Falou ou não falou?

— Não falei não, seu Paulo. Se eu não sei nada!

— Tire o cavalo da chuva, rapaz. Eu ouvi.

Padilha encabulou:

— Está bem. Se o senhor ouviu, não discutimos. Naturalmente ouviu o que eu não disse.

— Ouvi o que você disse. Não teime. Tenho bom ouvido.

SÃO BERNARDO

— Se ouviu — concedeu Padilha —, foi a história da morte do Mendonça. D. Madalena já sabia...

— Sabia o quê?

— O que o povo resmunga. Calúnias. Eu expliquei tudo e defendi o senhor: "D. Madalena, isso é um caso antigo, e mexer nele não dá vida a ninguém. O velho Mendonça era uma postema, furtava as terras dos vizinhos. Quanto ao que espalham por aí, não acredite: são aleives[142]. Seu Paulo tem bom coração e é incapaz de matar um pinto."

Lembrei-me da briga da manhã. Exatamente o que eu tinha presumido: mexericos daquele traste.

— Ó Padilha, por que foi que você disse que Madalena era a causa da sua desgraça?

— E o senhor quer negar? Se não fosse ela, eu não perdia o emprego. Foi ela. E, veja o senhor, eu não gostava daquilo. Muitas vezes opinei, sem rebuço: "D. Madalena, seu Paulo embirra com o socialismo. É melhor a senhora deixar de novidade. Essas conversas não servem." Está aí. Papagaio come milho, periquito leva a fama. O periquito sou eu.

Fraquejei:

— Que diabo discutiam vocês?

O meu ciúme tinha-se tornado público. Padilha sorriu e respondeu, hipócrita:

— Literatura, política, artes, religião... Uma senhora inteligente, a d. Madalena. E instruída, é uma biblioteca. Afinal eu estou chovendo no molhado. O senhor, melhor que eu, conhece a mulher que possui.

XXVIII

"O Senhor conhece a mulher que possui."

Que frase!

Padilha sabia alguma coisa. Saberia? Ou teria falado à toa?

142 Calúnias.

Conjecturas. O que eu desejava era ter uma certeza e acabar depressa com aquilo. Sim ou não.

"O senhor conhece a mulher que possui." Conhecia nada! Era justamente o que me tirava o apetite. Viver com uma pessoa na mesma casa, comendo na mesma mesa, dormindo na mesma cama, e perceber ao cabo de anos que ela é uma estranha! Meu Deus! Mas se eu ignoro o que há em mim, se esqueci muitos dos meus atos e nem sei o que sentia naqueles meses compridos de tortura!

Já viram como perdemos tempo em padecimentos inúteis? Não era melhor que fôssemos como os bois? Bois com inteligência. Haverá estupidez maior que atormentar-se um vivente por gosto? Será? Não será? Para que isso? Procurar dissabores! Será? Não será?

Se eu tivesse uma prova de que Madalena era inocente, dar-lhe-ia uma vida como ela nem imaginava. Comprar-lhe-ia vestidos que nunca mais se acabariam, chapéus caros, dúzias de meias de seda. Seria atencioso, muito atencioso, e chamaria os melhores médicos da capital para curar-lhe a palidez e a magrém[143]. Consentiria que ela oferecesse roupa às mulheres dos trabalhadores.

E se eu soubesse que ela me traía? Ah! Se eu soubesse que ela me traía, matava-a, abria-lhe a veia do pescoço, devagar, para o sangue correr um dia inteiro.

Mas logo me enjoava do pensamento feroz. Que rendia isso? Um crime inútil! Era melhor abandoná-la, deixá-la sofrer. E quando ela tivesse viajado pelos hospitais, quando vagasse pelas ruas, faminta, esfrangalhada[144], com os ossos furando a pele, costuras de operações e marcas de feridas no corpo, dar-lhe uma esmola pelo amor de Deus.

Seria? Não seria?

Insignificâncias. No meio das canseiras a morte chega, o diabo carrega a gente, os amigos entortam o focinho na hora do enterro, depois esquecem até os pirões que filaram.

143 Magreza.
144 Dilacerada.

Que me importavam as opiniões do Padilha, de seu Ribeiro, de d. Glória, de Marciano? Casimiro Lopes é que não tinha opinião. Quem me dera ser como Casimiro Lopes!

— Isto vai mal, Casimiro — dizia eu com os olhos.

Casimiro Lopes concordava, erguendo os ombros.

XXIX

Quando as dúvidas se tornavam insuportáveis, vinha-me a necessidade de afirmar. Madalena tinha manha encoberta, indubitavelmente.

— Indubitavelmente, indubitavelmente, compreendem? Indubitavelmente.

As repetições continuadas traziam-me uma espécie de certeza.

Esfregava as mãos. Indubitavelmente. Antes isso que oscilar de um lado para outro.

Via-se muito bem que d. Glória era alcoviteira. Passadas mansinhas, olhos baixos, voz sumida — estava mesmo a preceito para alcoviteira. Antigamente devia ter dado com os burros na água. Alcoviteira, desencaminhara a sobrinha. Sempre de acordo, aquelas duas éguas.

Enfim o Padilha tinha sido até camarada.

Monologava com raiva:

— Obrigado, Padilha.

Sim senhor, boa bisca[145]. Não havia gato nem cachorro em S. Bernardo que ignorasse o procedimento dela.

"Aquela mulher foi a causa da minha desgraça." Que falta de respeito! Há quem atire semelhante heresia em cima de uma senhora casada, nas barbas do marido? Há? Não há. Querem mais claro?

Padre Silvestre passou por S. Bernardo — e eu fiquei de orelha em pé, desconfiado. Deus me perdoe, desconfiei. Cavalo amarrado também come.

145 Pessoa sem caráter.

A infelicidade deu um pulo medonho: notei que Madalena namorava os caboclos da lavoura. Os caboclos, sim senhor.

Às vezes o bom-senso me puxava as orelhas:

— Baixa o fogo, sendeiro[146]. Isso não tem pé nem cabeça.

Realmente, uma criatura branca, bem lavada, bem vestida, bem engomada, bem aprendida, não ia encostar-se àqueles brutos escuros, sujos, fedorentos a pituim[147]. Os meus olhos me enganavam. Mas se os olhos me enganavam, em que me havia de fiar então? Se eu via um trabalhador de enxada fazer um aceno a ela!

Com esforço e procurando distração, conseguia reprimir-me. Era intuitivo que o aceno não podia ser para ela. Não podia.

Ora, não podia!

— Mulher não vai com carrapato porque não sabe qual é o macho.

Uma tarde em que a velha Margarida subiu a ladeira a vara e a remo[148] para visitar-nos, vigiei-a uma hora, com receio de que a pobre fosse portadora de alguma carta.

Creio que estava quase maluco.

XXX

À noite parecia-me ouvir passos no jardim. Por que diabo aquele Tubarão não ladrava? O safado do cachorro ia perdendo o faro.

Erguia-me, pegava o rifle, soprava a luz, abria a janela:

— Quem está aí?

Seria inimigo, gente dos Gama, do Pereira, do Fidélis? Pouco provável. As ameaças tinham cessado: eu e Casimiro Lopes criávamos ferrugem. Instintivamente, resguardava-me colado à parede. Julgava distinguir um vulto.

146 Alguém desprezível.
147 Inhaca; cheiro forte de suor.
148 Com todo seu esforço.

— Quem está aí? É bicho de fôlego ou é marmota? Não responde não?

E lá ia no silêncio um tiro que assustava os moradores, fazia Madalena saltar da cama, gritando. Fechava a janela e acendia o candeeiro.

— Que foi? — gemia Madalena aterrada.

— São os seus parceiros que andam rondando a casa. Mas não tem dúvida: qualquer dia fica um diabo aí estirado.

Madalena abraçava-se aos travesseiros, soluçando.

Um assobio, longe. Algum sinal convencionado.

— É assobio ou não é? Marcou entrevista aqui no quarto, em cima de mim? É só o que falta. Quer que eu saia? Se quer que eu saia, é dizer. Não se acanhe.

Madalena chorava como uma fonte.

Entristecia-me. Grosseiro, monstruosamente grosseiro.

E se as passadas e o assobio não fossem por causa dela? Ah! Sendo assim, eu picado para linguiça não pagava o que devia. E se as passadas e o assobio não existissem? Lembrava-me de uma noite em que me aperreei de verdade e puxei a lambedeira, com medo de um rato. Há neste mundo cada engano! E decidia corrigir-me:

— Vamos deixar de choradeira. Lá por assobiarem no pomar e passearem no jardim não é preciso a senhora se desmanchar em água. É melhor acabar com essa cavilação[149].

Madalena chorava, chorava, até que por fim, cansada de chorar, pegava no sono. Encolhia-me à beira da cama, para evitar o contato dela. Quando ia adormecendo, percebia o ranger de chave em fechadura e o rumor de telhas arrastadas. Despertava num sobressalto e continha a respiração. Quem estaria futucando portas? Quem estaria destelhando a casa?

Aproximava-me de Madalena, observava-lhe o rosto. Teria ouvido? Ou estaria a fingir que dormia?

149 Zombaria.

Levantava-me, arrastava uma cadeira, sentava-me. Madalena ressonava.

Com certeza ninguém tinha bulido na fechadura nem nas telhas. Maluqueiras de sonho. Talvez as pisadas também tivessem sido abusão[150] de sonho. Um pesadelo. Isso. Um pesadelo. Era possível que o assobio fosse grito de coruja.

Uma pancada no relógio da sala de jantar. Que horas seriam? Meia? uma? uma e meia? ou metade de qualquer outra hora?

Não podia dormir. Contava de um a cem, e dobrava o dedo mindinho; contava de cem a duzentos, dobrava o seu vizinho; assim por diante, até completar mil e ter as duas mãos fechadas. Depois contava cem, e soltava o dedo grande; mais cem, o fura-bolo; e quando chegava a dois mil, as duas mãos estavam abertas. Repetia a leseira, imaginava para cada dedo que se movia um conto de réis de lucro no balanço, o que me rendia fortuna imensa, tão grande que me enjoava dela e interrompia a contagem.

Segunda pancada no relógio. Uma hora? uma e meia? Só vendo. Erguia-me, pisava com força. Madalena continuava a dormir.

Destrancava e trancava a porta do corredor. Tornava a destrancar, tornava a trancar. E examinava o rosto de Madalena. Que sono! Ali descansada, e eu me roendo por dentro. Descansada como se tudo estivesse muito direito. Tinha desejo de acordá-la, recomeçar a contenda[151] em que vivíamos. Dormir assim, quando eu estava preocupado, seriamente preocupado, não era justo.

Preocupado com quê? Afinal que fazia ali, com a mão na chave e os olhos esbugalhados para Madalena?

— Por que diabo estou mexendo nisto?

Ah! sim! ver as horas. Empurrava a porta, atravessava o corredor, entrava na sala de jantar. Sempre era alguma coisa saber as horas.

Sentava-me no meu lugar à mesa. No começo das nossas desavenças todas as noites aqui me sentava, arengando com Madalena. Tínhamos desperdiçado tantas palavras!

— Para que serve a gente discutir, explicar-se? Para quê?

150 Ilusão.
151 Briga.

Para quê, realmente? O que eu dizia era simples, direto, e procurava debalde[152] em minha mulher concisão e clareza. Usar aquele vocabulário, vasto, cheio de ciladas, não me seria possível. E se ela tentava empregar a minha linguagem resumida, matuta, as expressões mais inofensivas e concretas eram para mim semelhantes às cobras: faziam voltas, picavam e tinham significação venenosa.

XXXI

Uma tarde subi à torre da igreja e fui ver Marciano procurar corujas. Algumas se haviam alojado no forro, e à noite era cada pio de rebentar os ouvidos da gente. Eu desejava assistir à extinção daquelas aves amaldiçoadas.

Lá de cima escutava o barulho que Marciano, invisível, fazia. E, pelas quatro janelinhas abertas aos quatro cantos do céu, contemplava a paisagem. Por uma delas via embaixo um pedaço do escritório, uma banca e, sentada à banca, minha mulher escrevendo. Com um ligeiro desvio de olhos, afastava a cena familiar e corriqueira, divisava o oitão da casa, portas, janelas, a cama de d. Glória, um canto da sala de jantar. Levantava a cabeça — e o horizonte compunha-se de telhas, argamassa, lambrequins[153]. Mais para cima, campos, serra, nuvens.

O capim-gordura tinha virado grama, e os bois que pastavam nele eram como brinquedos de celuloide. O algodoal galgava colinas, descia, tornava a mostrar-se mais longe, desbotado. Numa clareira da mata escura, quase negra, desmaiavam na sombra figurinhas de lenhadores.

Uma coruja gritava. E Marciano surgia de esconderijos cheios de treva, o pixaim branco de teias de aranha:

— Mais uma. É um corujão da peste, seu Paulo.

Eu fungava:

— Em que estará pensando aquela burra? Escrevendo. Que estupidez!

152 Em vão.
153 Ornamentos feitos de madeira.

Rosa do Marciano atravessava o riacho. Erguia as saias até a cintura. Depois que passava o lugar mais fundo, ia baixando as saias. Alcançava a margem, ficava um instante de pernas abertas, escorrendo água, e saía torcendo-se, com um remeleixo de bunda que era mesmo uma tentação.

A distância arredondava e o sol dourava cocurutos de montes. Pareciam extraordinárias cabeças de santos.

— Se aquela mosca-morta prestasse e tivesse juízo, estaria aqui aproveitando esta catervagem[154] de belezas.

Ali pelos cafus desci as escadas, bastante satisfeito. Apesar de ser um indivíduo medianamente impressionável, convenci-me de que este mundo não é mau. Quinze metros acima do solo, experimentamos a vaga sensação de ter crescido quinze metros. E quando, assim agigantados, vemos rebanhos numerosos a nossos pés, plantações estirando-se por terras largas, tudo nosso, e avistamos a fumaça que se eleva de casas nossas, onde vive gente que nos teme, respeita e talvez até nos ame, porque depende de nós, uma grande serenidade nos envolve. Sentimo-nos bons, sentimo-nos fortes. E se há ali perto inimigos morrendo, sejam embora inimigos de pouca monta que um moleque devasta a cacete, a convicção que temos da nossa fortaleza torna-se estável e aumenta. Diante disto, uma boneca traçando linhas invisíveis num papel apenas visível merece pequena consideração. Desci, pois, as escadas em paz com Deus e com os homens, e esperava que aqueles pios infames me deixassem enfim tranquilo.

Matutando, penetrei no jardim e encaminhei-me ao pomar, fazendo tenção de ver se a poda estava em regra.

Defronte do escritório descobri no chão uma folha de prosa, com certeza trazida pelo vento. Apanhei-a e corri a vista, sem interesse, pela bonita letra redonda de Madalena. Francamente, não entendi. Encontrei diversas palavras desconhecidas, outras conhecidas de vista, e a disposição delas, terrivelmente atrapalhada, muito me dificultava a compreensão. Talvez aquilo fosse bem feito, pois minha mulher sabia gramática

[154] Grande quantidade.

por baixo da água e era fecunda em riscos e entrelinhas, mas estavam riscados períodos certos, e em vão tentei justificar as emendas.

— Ocultar com artifícios o que deve ser evidente!

Passeando entre as laranjeiras, esqueci a poda, reli o papel e agadanhei ideias indefinidas que se baralharam, mas que me trouxeram um arrepio. Diabo! Aquilo era trecho de carta, e de carta a homem. Não estava lá o nome do destinatário, faltava o princípio, mas era carta a homem, sem dúvida.

Li a folha pela terceira vez, atordoado, detendo-me nas expressões claras e procurando adivinhar a significação dos termos obscuros.

— Está aqui a prova — balbuciei assombrado. — A quem serão dirigidas estas porcarias?

As suspeitas voaram para cima de João Nogueira, do dr. Magalhães, de Azevedo Gondim, do Silveira da escola normal. Reli a carta um pelotão de vezes, e enquanto lia, praguejava como um condenado, e as fontes me latejavam.

Afinal a noite caiu, não enxerguei mais as letras.

Sim senhor! Carta a homem!

Estive um tempão caminhando debaixo das fruteiras.

— Eu sou algum Marciano, bando de filhos das putas?

E voltei furioso, decidido a acabar depressa com aquela infelicidade. Zumbiam-me os ouvidos, dançavam-me listras vermelhas diante dos olhos.

Ia tão cego que bati com as ventas em Madalena, que saía da igreja.

— Meia-volta — gritei segurando-lhe um braço. — Temos negócio.

— Ainda? — perguntou Madalena.

E deixou-se levar para a escuridão da sacristia. Acendi uma vela e, encostando-me à mesa carregada de santos, sobre o estrado onde padre Silvestre se paramenta[155] em dias de missa:

155 Enfeita.

— Que estava fazendo aqui? Rezando? É capaz de dizer que estava rezando.

— Ainda? — repetiu Madalena.

Esperei que ela me sacudisse desaforos, mas enganei-me: pôs-se a observar-me como se me quisesse comer com os olhos muito abertos. Ferviam dentro de mim violências desmedidas. As minhas mãos tremiam, agitavam-se em direção a Madalena. Apertei-as para conter os movimentos e, com os queixos contraídos:

— A senhora escreveu uma carta.

O vento frio da serra entrava pela janela, mordia-me as orelhas, e eu sentia calor. A porta gemia, de quando em quando dava no batente pancadas coléricas[156], depois continuava a gemer. Aquilo me irritava, mas não me veio a ideia de fechá-la. Madalena estava como se não ouvisse nada. E eu, dirigindo-me a ela e a uma litografia pendurada à parede:

— Cuidam que isto vai ficar assim?

O pequeno mais velho do Marciano entrou nas pontas dos pés. Sem me voltar para ele, bradei:

— Vai-te embora.

O menino aproximou-se da janela.

— Vai-te embora — berrei de novo.

Provavelmente o meu aspecto lhe causou estranheza. Balbuciou:

— Fechar a igreja, seu Paulo.

Percebi que os meus modos eram desarrazoados e respondi com simulada brandura:

— Perfeitamente. Volta mais tarde, ainda é cedo.

Nove horas no relógio da sacristia.

O nordeste começou a soprar, e a porta bateu com fúria. Mergulhei os dedos nos cabelos.

156 Cheias de cólera; indignadas.

— Que estás fazendo, peste?

O cabrito fugiu.

Nem sei quanto tempo estive ali, em pé. A minha raiva se transformava em angústia, a angústia se transformava em cansaço.

— Para quem era a carta?

E olhava alternadamente Madalena e os santos do oratório. Os santos não sabiam, Madalena não quis responder.

O que me espantava era a tranquilidade que havia no rosto dela. Eu tinha chegado fervendo, projetando matá-la. Podia viver com a autora de semelhante maroteira[157]?

À medida, porém, que as horas se passavam, sentia-me cair num estado de perplexidade e covardia.

As imagens de gesso não se importavam com a minha aflição. E Madalena tinha quase a impassibilidade delas. Por que estaria assim tão calma?

Afirmei a mim mesmo que matá-la era ação justa. Para que deixar viva mulher tão cheia de culpa? Quando ela morresse, eu lhe perdoaria os defeitos.

As minhas mãos contraíam-se, moviam-se para ela, mas agora as contrações eram fracas e espaçadas.

— Fale — exclamei com voz mal segura.

— Para quê?

— Há uma carta. Eu preciso saber, compreende?

Meti a mão no bolso e apresentei-lhe a folha, já amarrotada e suja. Madalena estendeu-a sobre a mesa, examinou-a, afastou-a para um lado.

— Então?

— Já li.

A vela acabou-se. Acendi outra e fiquei com o fósforo entre os dedos até queimar-me.

157 Patifaria.

— Diga alguma coisa.

Pareceu-me que havia ali um equívoco e que, se Madalena quisesse, tudo se esclareceria. O coração dava-me coices desesperados, desejei doidamente convencer-me da inocência dela.

— Para quê? — murmurou Madalena. — Há três anos vivemos uma vida horrível. Quando procuramos entender-nos, já temos a certeza de que acabamos brigando.

— Mas a carta?

Madalena apanhou o papel, dobrou-o e entregou-mo:

— O resto está no escritório, na minha banca. Provavelmente esta folha voou para o jardim quando eu escrevi.

— A quem?

— Você verá. Está em cima da banca. Não é caso para barulho. Você verá.

— Bem. Respirei.

Que fadiga!

— Você me perdoa os desgostos que lhe dei, Paulo?

— Julgo que tive as minhas razões.

— Não se trata disso. Perdoa?

Rosnei um monossílabo.

— O que estragou tudo foi esse ciúme, Paulo.

Palavras de arrependimento vieram-me à boca. Engoli-as, forçado por um orgulho estúpido. Muitas vezes por falta de um grito se perde uma boiada.

— Seja amigo de minha tia, Paulo. Quando desaparecer essa quizília[158], você reconhecerá que ela é boa pessoa.

Eu era tão bruto com a pobre da velha!

158 Desentendimento.

— Consequência desse mal-entendido. Ela também tem culpa. Um bocado ranzinza.

— Seu Ribeiro é trabalhador e honesto, você não acha?

— Acho. Antigamente deu cartas e jogou de mão. Hoje é refugo[159]. Um sujeito decente, coitado.

— E o Padilha...

— Ah! Não! Um enredeiro. Nem está direito você torcer por ele. Safadíssimo.

— Paciência! O Marciano... Você é rigoroso com o Marciano, Paulo.

— Ora essa! — exclamei enfadado. — Que rosário!

— Não se zangue — disse Madalena sem erguer a voz.

— O que eu queria...

Sentei-me num banco. O que eu queria era que ela me livrasse daquelas dúvidas.

— Que é que você queria? — perguntou Madalena sentando-se também.

— Sei lá.

E encolhi-me, as mãos pesadas sobre os joelhos. Madalena, com ar meio sério, meio de brincadeira:

— Se eu morrer de repente...

— Que história é essa, mulher? Lembrança fora de propósito.

— Por que não? Quem sabe qual há de ser o meu fim? Se eu morrer de repente...

— Acabe com isso, criatura. Para que falar nessas coisas?

— Ofereça os meus vestidos à família de mestre Caetano e à Rosa. Distribua os livros com seu Ribeiro, o Padilha e o Gondim.

Levantei-me, impaciente:

— Que conversa sem jeito!

159 Desprezado.

E agarrei-me a um assunto agradável para afugentar aquelas ideias tristes:

— Estou com vontade de viajar.

Sentei-me novamente, animei-me, acendi um cigarro:

— Depois da safra. Deixo seu Ribeiro tomando conta da fazenda. Vamos à Bahia. Ou ao Rio. O Rio é melhor. Passamos uns meses descansando, você cura a macacoa[160] do estômago, engorda e se distrai. É bom a gente arejar. A vida inteira neste buraco, trabalhando como negro! E damos um salto a São Paulo. Valeu?

Madalena, olhando a luz, que tremia, agitando sombras nas paredes, saiu-se com esta:

— Hoje pela manhã já havia na mata alguns paus-d'arco com flores. Contei uns quatro. Daqui a uma semana estão lindos. É pena que as flores caiam tão depressa.

— Efetivamente — resmunguei procurando relacionar o Rio e São Paulo com os paus-d'arco. — E que me diz da viagem?

Madalena tinha os olhos presos na vela:

— Sim, estive rezando. Rezando, propriamente, não, que rezar não sei. Falta de tempo.

Meu Deus! Como andava aquela cabeça! Era a resposta à minha primeira pergunta.

— Escrevia tanto que os dedos adormeciam. Letras miudinhas, para economizar papel. Nas vésperas dos exames dormia duas, três horas por noite. Não tinha proteção, compreende? Além de tudo, a nossa casa na Levada era úmida e fria. No inverno levava os livros para a cozinha. Podia visitar igrejas? Estudar sempre, sempre, com medo das reprovações...

Estava perturbada, via-se perfeitamente que estava perturbada. Largou outras incoerências:

— As casas dos moradores, lá embaixo, também são úmidas e frias. É uma tristeza. Estive rezando por eles. Por vocês todos. Rezando... Estive falando só.

160 Indisposição.

O relógio da sacristia tocou meia-noite.

— Meu Deus! Já tão tarde! Aqui, tagarelando...

Levantou-se e pôs-me a mão no ombro:

— Adeus, Paulo. Vou descansar.

Voltou-se da porta:

— Esqueça as raivas, Paulo.

Por que não acompanhei a pobrezinha? Nem sei. Porque guardava um resto de dignidade besta. Porque ela não me convidou. Porque me invadiu uma grande preguiça.

Fiquei remoendo as palavras desconexas e os modos esquisitos de Madalena. Depois pensei na carta que ela havia deixado no escritório, incompleta.

Para quem seria? Lá vinha novamente o ciúme. Aquilo ainda causaria infelicidades sem remédio.

Pouco a pouco me fui amadornando, até cair num sono embrulhado e penoso. Creio que sonhei com rios cheios e atoleiros[161].

Quando dei acordo de mim, a vela estava apagada e o luar, que eu não tinha visto nascer, entrava pela janela. A porta continuava a ranger, o nordeste atirava para dentro da sacristia folhas secas, que farfalhavam[162] no chão de ladrilhos brancos e pretos. O relógio tinha parado, mas julgo que dormi horas. Galos cantaram, a lua deitou-se, o vento se cansou de gritar à toa e a luz da madrugada veio brincar com as imagens do oratório.

Ergui-me, o espinhaço doído da posição incômoda. Estirei os braços. Moído, como se tivesse levado uma surra.

Saí, dirigi-me ao curral, bebi um copo de leite. Conversei um instante com Marciano sobre as corujas. Em seguida fui passear no pátio, esperando que o dia clareasse de todo.

Realmente a mata, enfeitada de paus-d'arco, estava uma beleza.

161 Lamaçais.
162 Produziam ruído.

Três anos de casado. Fazia exatamente um ano que tinha começado o diabo do ciúme.

A serraria apitou; as suíças de seu Ribeiro surgiram a uma janela; Maria das Dores abriu as portas; Casimiro Lopes apareceu com uma braçada de hortaliças.

Desci ao açude. Derreado, as cadeiras doendo. Que noite! Despi-me entre as bananeiras, meti-me na água, mergulhei e nadei.

Quando cheguei a casa, o sol já estava alto. O espinhaço ainda me doía. Que noite!

Subindo os degraus da calçada, ouvi gritos horríveis lá dentro.

— Que diabo de chamego é este?

Entrei apressado, atravessei o corredor do lado direito e no meu quarto dei com algumas pessoas soltando exclamações. Arredei-as e estaquei: Madalena estava estirada na cama, branca, de olhos vidrados, espuma nos cantos da boca.

Aproximei-me, tomei-lhe as mãos, duras e frias, toquei-lhe o coração, parado. Parado.

No soalho havia manchas de líquido e cacos de vidro.

D. Glória, caída no tapete, soluçava, estrebuchando. A ama, com a criança nos braços, choramingava. Maria das Dores gemia.

Comecei a friccionar as mãos de Madalena, tentando reanimá-la. E balbuciava:

— A Deus nada é impossível.

Era uma frase ouvida no campo, dias antes, e que me voltava, oferecendo-me esperança absurda.

Pus um espelho diante da boca de Madalena, levantei-lhe as pálpebras. E repetia maquinalmente:

— A Deus nada é impossível.

— Que desastre, senhor Paulo Honório, que irreparável desastre! — murmurou seu Ribeiro perto de mim.

E Padilha, encolhido por detrás dele:

— Num momento como este a minha obrigação era vir.

— Agradecido, muito agradecido.

E encaminhei-me ao escritório, levado pelo hábito, murmurando sempre:

— A Deus nada é impossível.

Sobre a banca de Madalena estava o envelope de que ela me havia falado. Abri-o. Era uma carta extensa em que se despedia de mim. Li-a, saltando pedaços e naturalmente compreendendo pela metade, porque topava a cada passo aqueles palavrões que a minha ignorância evita. Faltava uma página: exatamente a que eu trazia na carteira, entre faturas de cimento e orações contra maleitas[163] que a Rosa anos atrás me havia oferecido.

XXXII

Enterrou-se debaixo do mosaico da capela-mor.

Vesti-me de preto; encomendei uma lápida; o dr. Magalhães, padre Silvestre, João Nogueira, Azevedo Gondim, os proprietários vizinhos, vieram trazer-me pêsames. Deixei a cama de casal e mudei-me para um quarto pequeno que tinha, à beira do telhado, um ninho de carriças[164]. Pela manhã as carriças pipilavam[165] desesperadamente. Na mesa da cabeceira amontoavam-se telegramas e envelopes tarjados.

Como necessitava distração, dediquei-me nervosamente a uma derrubada de madeira na mata. Depois mandei consertar o paredão do açude, que vazava.

Mas o entusiasmo esfriou depressa. Aquilo era meio de vida, não era meio de morte.

E pensava em Madalena. Creio na verdade que a lembrança dela sempre esteve em mim. O que houve foi que, na atrapalhação dos primei-

163 Doenças não muito graves.
164 Troglodytes aedon, espécie de pássaro nativo do continente americano.
165 Piavam.

ros dias, confundiu-se com uma chusma[166] de azucrinações diferentes umas das outras. Mas quando essas azucrinações se tornaram apenas um sedimento no meu espírito, veio à superfície. Raramente conseguia agitar-me e dissolvê-la: recompunha-se logo e ficava em suspensão. E os assuntos mais atraentes me traziam enfado e bocejos.

Vivia agora a passear na sala, as mãos nos bolsos, o cachimbo apagado na boca. Ia ao escritório, olhava os livros com tédio, saía, atravessava os corredores, percorria os quartos, voltava às caminhadas na sala.

Certo dia, na horta, espiava um formigão que se exercitava em marchas e contramarchas inconsequentes. Inconsequentes para mim, está visto, que ignorava as intenções dele. A voz antipática de d. Glória interrompeu-me a observação:

— Vim dizer adeus. Vou-me embora.

Levantei a cabeça e vi-a diante de mim, tesa, enlutada naquele vestido velho malfeito, que entufava nos ombros quando ela se aprumava.

— Para onde?

D. Glória descreveu vagamente, com o dedo descarnado, um arco:

— Vou-me embora.

— A senhora não tem para onde ir.

E procurei o formigão, que tinha desaparecido.

— Vou — respondeu firme d. Glória.

Esforcei-me por dissuadi-la:

— Isso não tem cabimento, mulher. Ganhar o mundo sem destino! Crie juízo.

D. Glória continuou, direita como um cabo de vassoura:

— Não estou pedindo conselho. Vim despedir-me, que não saio como negro fugido. Mande-me as suas ordens.

Encetei um dos meus intermináveis passeios, de um lado para outro:

166 Multidão.

— Está bem. Cada qual é dono do seu nariz. Quando volta?

— Nunca.

— Está bem.

Apressei o passo:

— Com quem vai?

— Com Deus.

— Pois sim. O automóvel tem gasolina. Divirta-se.

— Obrigada. Vou a pé.

Aí eu queimei as alpercatas:

— Vai nada!

Parei soprando:

— Largar-se pelo mundo, à toa, e dizer que eu botei a senhora de casa para fora, que sou morto a fome, que arribou daqui com a roupa do corpo, não é?

D. Glória, cada vez mais espichada, agastou-se:

— E o senhor me prende? Não matei, não roubei, não difamei... Vou.

E eu:

— Quem está falando em prender a senhora? Deixe de doidice. Quer dar o fora? Perfeitamente, não lhe seguro as pernas. Se quisesse ficar, podia viver aí até criar canhão, que ninguém lhe pisava nos calos. Mas se não quer, acabou-se. Agora o que não tem jeito é escafeder-se como quem vai tangido[167]. Isso não. Ao deus-dará, com uma no cano, outra no fecho, não. Prepare-se, arranje os seus picuás[168].

— Estão arranjados.

— Então é viajar como gente, com decência. É necessário que se saiba onde vai morar e quanto precisa para se manter.

[167] Tocado como animais, para que andem mais depressa.
[168] Seus pertences.

— Não preciso de nada. Onde vou morar não sei. O que sei é que tenho de sair hoje.

— Não seja criança — disse eu arrastando as palavras. — A senhora é capaz de pegar no pesado? Não dá meia-missa[169]. Encruou nos romances e até os assentamentos de batizados lhe seriam difíceis.

Pouco a pouco d. Glória abrandou. Ignoro se procedeu assim em conformidade com o hábito de abrandar ou se tinha vindo resolvida a abrandar.

— Pense no aluguel das casas na cidade, pense no preço dos remédios. Adoecer é fácil, d. Glória, mas tirar a moléstia do corpo é um trabalhão. Pense no mercado, no cobrador da luz, na pena-d'água[170]. Hoje em dia a vida é difícil em toda a parte, mas na cidade a vida é um buraco, d. Glória.

D. Glória confessou que a vida na cidade é de fato um buraco. Tinha mostrado o desprendimento e a altivez[171] indispensáveis. Não era justo exigir mais.

Declarei que devia a Madalena o ordenado de três anos. D. Glória acreditou, ou fingiu acreditar.

— É razoável a senhora receber isso.

D. Glória concordou.

Dei-lhe dinheiro para a viagem, marquei-lhe uma pensão de duzentos mil-réis mensais e remeti-a a João Nogueira, que a hospedou por uma noite e a embarcou.

Passados alguns dias seu Ribeiro demitiu-se.

— Está falando sisudo, seu Ribeiro?

— Esta casa me provoca recordações muito pungentes.

— E a mim, homem. Que diabo! Mas a sua saída é tolice.

— Não duvido, senhor Paulo Honório, não duvido.

[169] Algo insuficiente.
[170] Taxa fixa cobrada pelo abastecimento de água.
[171] Dignidade.

— Ofereceram-lhe algum emprego?

— Nenhum.

— Então! É tolice. E o pior é que nem lhe posso dar uma recomendação. O senhor com essa idade não se coloca. Felizmente está aqui há anos e tem feito economia. Vai retirar uma fortuna. Sempre dá para ir roendo.

— Levo muita saudade, senhor Paulo Honório — gemeu seu Ribeiro limpando os olhos. — Saudade cruciante. Parto com o coração dilacerado.

— Pois não vá, homem. Todos gostam do senhor. Fique.

— Impossível, inteiramente impossível. A minha resolução é inabalável.

— Está bem.

E olhei com tristeza o escritório, mais desatravancado depois que a banca de Madalena tinha sido afastada para um canto.

Assim o excelente seu Ribeiro, que eu esperava enterrar em S. Bernardo, foi terminar nos cafés e nos bancos dos jardins a sua velhice e as suas lembranças.

XXXIII

Padilha começou a andar no pátio, aproximando-se da casa e fazendo, quando me via, grandes cumprimentos. Afinal chegou ao alpendre e demorou-se um instante. Fingi não perceber esses manejos.

— Emboque, Padilha.

O prazo de um mês que eu tinha marcado para ele retirar-se voara. Padilha entrou, ficou. Deixá-lo. Sempre era uma companhia.

Enquanto eu, carrancudo e cheio de preguiça, olhava as cercas de Bom-Sucesso e pensava nas duas Mendonça, que viviam quase na miséria, Padilha falava. Falava como quem bebeu água de chocalho. Eu não prestava atenção ao que ele dizia. Nada. Sempre era uma voz humana.

Afastou-se logo.

Um dia Azevedo Gondim trouxe boatos de revolução. O sul revoltado, o centro revoltado, o nordeste revoltado.

— É um fim de mundo.

Padilha esfregou as mãos:

— Afinal a postema rebentou, com os diabos!

À noite o chefe político escreveu-me pedindo armas e cabroeira[172]. De madrugada enviei-lhe um caminhão com rifles e homens.

Depois os boatos engrossaram e viraram fatos: batalhões aderindo, regimentos aderindo, colunas organizando-se e deslocando-se rapidamente, bandeiras encarnadas por toda a parte, o governo da república encurralado no Rio.

— Uma invasão de bárbaros! — gritava Azevedo Gondim. — Estamos perdidos.

Padilha, numa agitação constante, devorava manifestos e roía as unhas. Enfim, quando a onda vermelha inundou o Estado, desapareceu subitamente. João Nogueira elucidou o caso:

— Padilha e padre Silvestre incorporaram-se às tropas revolucionárias e conseguiram galões.

XXXIV

Na cidade havia um fuxico nojento. E eu, que nunca tive gosto para safadezinhas de lugar miúdo, entoquei-me.

Lamentava, sem dúvida, que o meu partido tivesse ido abaixo com um sopro. Que remédio!

— É comer agora da banda podre. E calado. Os Gama, o Pereira, o Fidélis, iam serrar de cima e fazer-me picuinhas. Aborrecia-me de tudo isso. Também não fariam grande coisa. Cortar o arame da cerca, mandar o delegado de polícia tomar a faca de um cabra, na feira, e sapecar-lhe o zinco. Natural.

O pior era Padilha ter seduzido uns dez ou doze caboclos bestas, que haviam entrado com ele no exército revolucionário. Voltariam.

172 Indivíduos propensos ao crime.

Para quê? Era melhor ficarem na malandragem, nos exercícios.

Bocejava. Cada bocejo de quebrar queixo. Vida estúpida! É certo que havia o pequeno, mas eu não gostava dele. Tão franzino, tão amarelo!

— Se melhorar, entrego-lhe a serraria. Se crescer assim bambo, meto-o no estudo para doutor.

Lá vinham os projetos.

Diabo leve os projetos.

O mundo que me cercava ia-se tornando um horrível estrupício. E o outro, o grande, era uma balbúrdia, uma confusão dos demônios, estrupício muito maior.

Os amigos e os jornais traziam-me a revolução.

— Uma peste! — bradava Azevedo Gondim. — Foi um *bluff*[173]. Ameaças pelo telégrafo e pelo rádio, boletins jogados por aeroplanos — todo o mundo se pelava de medo. Isto é o povo mais covarde que Deus fabricou.

— Exagero — opinava o advogado. Houve bravura.

— Que bravura! — berrava Gondim. — Gente que devia pegar no paufurado[174] escondeu-se.

— Os da situação passada. Entre os revolucionários é diferente: há idealismo, há coragem. Não digo isto em público, mas há.

— Diabo leve o idealismo deles. E quanto a coragem...

— Vamos ser justos, Gondim — intervinha eu conciliador e murcho. — Essa coisa estava na massa do sangue do povo. Não valia a pena brigar.

— Não valia! Ora não valia! Todos iam pensando assim e eles foram entrando. E que falta de vergonha! Figurões do governo apareceram de repente com lenços vermelhos no pescoço.

— Isso foi em Alagoas — atalhava João Nogueira.

— Foi em toda a parte, homem. E mesmo agora, muitos não se passam porque não são aceitos.

173 Blefe.
174 Arma de fogo.

— Quanto a mim — declarava Nogueira —, tanto me faz estar em cima como embaixo, que política nunca me rendeu nada. Estou embaixo e não pretendo subir. É verdade que sempre achei a democracia um contrassenso. Muitas vezes lhe disse. O diabo é que votei na chapa do governo. Mas, aqui entre nós, a ditadura só não presta porque estamos no chão.

Gondim protestava, indignava-se. E eu:

— Só queria ver padre Silvestre fardado de tenente.

— Que interesse tem ele em bancar o patriota? — dizia Nogueira.

— Animal! — resmungava Azevedo Gondim.

O *Cruzeiro* tinha perdido a subvenção. Conversas assim, repetidas, distraíam-me. Uma vez por semana os dois jantavam comigo. E na cidade sujeitos exaltados começavam a espalhar que S. Bernardo era um ninho de reacionários.

— Como vai o fuzuê?

— Mal.

E lá vinham notícias de violências desnecessárias, vinganças, comissões de sindicâncias lavando roupa suja.

Nogueira, moderado, desejava um acordo entre vencedores e vencidos.

Gondim detestava acordos. Dente por dente, percebíamos? Davanos conselhos violentos, a mim, ao Nogueira, às árvores do pomar, e instigava-nos a uma contrarrevolução (quanto mais depressa melhor) que varresse do poder aquela cambada de parlapatões. Queria um governo enérgico, sim senhor, duro, sim senhor, mas sensato, um governo que trabalhasse, restabelecesse a ordem, a confiança do credor e a subvenção de cento e cinquenta mil-réis mensais ao *Cruzeiro*. Como íamos é que não podíamos continuar.

Atirava-nos palavrões encorpados que no jornal lhe serviam para tudo. São Paulo havia de se erguer, intrépido; em São Paulo ardia o fogo sagrado; de São Paulo, terra de bandeirantes, sairiam novas bandeiras para a conquista da liberdade postergada.

SÃO BERNARDO

— Você fala bem, Gondim — murmurava eu impressionado. — Você havia de trepar, Gondim, se o nosso partido não tivesse virado de pernas para o ar.

João Nogueira metia as botas na eleição e inculcava os conselhos técnicos. Gondim gostava do voto como de um filho pequeno e só admitia técnicos nas comissões da Câmara.

Casimiro Lopes, afastado, escutava-os com assombro.

Eu olhava a torre da igreja. E o meu pensamento estirava-se pela paisagem, encolhia-se, descia as escadas, ia ao jardim, ao pomar, entrava na sacristia.

João Nogueira condenava a literatura revolucionária, a patriotice alambicada[175].

O oratório, sobre a mesa, estava cheio de santos; na parede penduravam-se litografias; a porta dava pancadas no batente; apagava-se a vela, eu acendia outra e ficava com o fósforo entre os dedos até queimar-me. As casas dos moradores eram úmidas e frias. A família de mestre Caetano vivia num aperto que fazia dó. E o pobre do Marciano tão esbodegado, tão escavacado, tão por baixo!

Azevedo Gondim reclamava liberdade, aos gritos. Contenta-se com a renda mofina do jornal e deve os cabelos da cabeça. Conforma-se com isso. O que deseja é ver a gazeta de mangas arregaçadas, espumando, e no bilhar do Sousa, quando a carambola falha, insultar os políticos, umas toupeiras.

Agora a vela estava apagada. Era tarde. A porta gemia. O luar entrava pela janela. O nordeste espalhava folhas secas no chão. E eu já não ouvia os berros do Gondim.

XXXV

Entrei nesse ano com o pé esquerdo. Vários fregueses que sempre tinham procedido bem quebraram de repente. Houve fugas, suicídios,

175 Pretensiosa.

o *Diário Oficial* se emprenhou com falências e concordatas[176]. Tive de aceitar liquidações péssimas.

O resultado foi desaparecerem a avicultura, a horticultura e a pomicultura. As laranjas amadureciam e apodreciam nos pés. Deixá-las. Antes isso que fazer colheita, escolha, embalagem, expedição, para dálas de graça.

Uma infelicidade não vem só. As fábricas de tecidos, que adiantavam dinheiro para a compra de algodão, abandonaram de chofre[177] esse bom costume e até deram para comprar fiado. Vendi uma safra no fuso, e enganaram-me na classificação.

Era necessário adquirir novas máquinas para o descaroçador e para a serraria, mas na hora dos cálculos vi que ia gastar uma fortuna: o dólar estava pelas nuvens.

— Vamos deixar de novidade. Sacrificar-me e no fim entregar a mercadoria de mão beijada a esses velhacos!

Ainda por cima os bancos me fecharam as portas. Não sei por quê, mas fecharam. E olhem que nunca atrasei pagamentos. Enfim, uma penca de caiporismos[178]. Cheguei a dizer inconveniências a um gerente:

— Pois se os senhores não querem transigir, acabem com isso. Ou os papéis valem ou não valem. Se valem, é passar o arame. Pílulas! Eu encomendei revolução? Em seis meses havia tão grande quebradeira que torrei nos cobres o automóvel para não me protestarem uma letra vagabunda de seis contos.

— Maré vazante. Agora ganham os preguiçosos. Quem devia estar vivo era o velho Mendonça, que deixava a propriedade coberta de capoeira e o engenho de fogo morto. Trabalhar para formiga! É cruzar os braços.

E cruzei os braços.

Um dia em que, assim de braços cruzados, contemplava melancolicamente o descaroçador e a serraria, João Nogueira me trouxe a notícia de

176 Acordos feitos entre credores e aqueles que estão falidos.
177 De repente.
178 Azar.

que o Fidélis e os Gama iam remexer as questões dos limites. E o pior era que o dr. Magalhães estava noutra comarca[179].

— Belezas da revolução — comentou Nogueira. — Um funcionário inamovível! E um juiz decente como o Magalhães! Um juiz íntegro!

Encolhi os ombros, desanimado. João Nogueira desanimou também. Paciência.

E recomecei os meus passeios mecânicos pelo interior da casa. Às vezes empurrava a porta do escritório para dar uma ordem a seu Ribeiro. Parecia-me ver d. Glória malucando no pomar, com o romance.

E os meus passos me levavam para os quartos, como se procurassem alguém.

XXXVI

Faz dois anos que Madalena morreu, dois anos difíceis. E quando os amigos deixaram de vir discutir política, isto se tornou insuportável.

Foi aí que me surgiu a ideia esquisita de, com o auxílio de pessoas mais entendidas que eu, compor esta história. A ideia gorou, o que já declarei. Há cerca de quatro meses, porém, enquanto escrevia a certo sujeito de Minas, recusando um negócio confuso de porcos e gado zebu, ouvi um grito de coruja e sobressaltei-me.

Era necessário mandar no dia seguinte Marciano ao forro da igreja.

De repente voltou-me a ideia de construir o livro. Assinei a carta ao homem dos porcos e, depois de vacilar um instante, porque nem sabia começar a tarefa, redigi um capítulo.

Desde então procuro descascar fatos, aqui sentado à mesa da sala de jantar, fumando cachimbo e bebendo café, à hora em que os grilos cantam e a folhagem das laranjeiras se tinge de preto.

Às vezes entro pela noite, passo tempo sem fim acordando lembranças. Outras vezes não me ajeito com esta ocupação nova.

179 Divisão territorial.

Anteontem e ontem, por exemplo, foram dias perdidos. Tentei debalde canalizar para termo razoável esta prosa que se derrama como a chuva da serra, e o que me apareceu foi um grande desgosto. Desgosto e a vaga compreensão de muitas coisas que sinto.

Sou um homem arrasado. Doença? Não. Gozo perfeita saúde. Quando o Costa Brito, por causa de duzentos mil-réis que me queria abafar, vomitou os dois artigos, chamou-me doente, aludindo a crimes que me imputam. O Brito da *Gazeta* era uma besta. Até hoje, graças a Deus, nunca um médico me entrou em casa. Não tenho doença nenhuma.

O que estou é velho. Cinquenta anos pelo São Pedro. Cinquenta anos perdidos, cinquenta anos gastos sem objetivo, a maltratar-me e a maltratar os outros. O resultado é que endureci, calejei, e não é um arranhão que penetra esta casca espessa e vem ferir cá dentro a sensibilidade embotada[180].

Cinquenta anos! Quantas horas inúteis! Consumir-se uma pessoa a vida inteira sem saber para quê! Comer e dormir como um porco! Como um porco! Levantar-se cedo todas as manhãs e sair correndo, procurando comida! E depois guardar comida para os filhos, para os netos, para muitas gerações. Que estupidez! Que porcaria! Não é bom vir o diabo e levar tudo?

Sol, chuva, noites de insônia, cálculos, combinações, violências, perigos — e nem sequer me resta a ilusão de ter realizado obra proveitosa. O jardim, a horta, o pomar — abandonados; os marrecos-de-pequim — mortos; o algodão, a mamona — secando. E as cercas dos vizinhos, inimigos ferozes, avançam.

Está visto que, cessando esta crise, a propriedade se poderia reconstituir e voltar a ser o que era. A gente do eito se esfalfaria de sol a sol, alimentada com farinha de mandioca e barbatanas de bacalhau; caminhões rodariam novamente, conduzindo mercadorias para a estrada de ferro; a fazenda se encheria outra vez de movimento e rumor.

Mas para quê? Para quê? não me dirão? Nesse movimento e nesse rumor haveria muito choro e haveria muita praga. As criancinhas, nos

180 Diz-se de algo que perdeu a sensibilidade.

casebres úmidos e frios, inchariam roídas pela verminose. E Madalena não estaria aqui para mandar-lhes remédio e leite. Os homens e as mulheres seriam animais tristes.

Bichos. As criaturas que me serviram durante anos eram bichos. Havia bichos domésticos, como o Padilha, bichos do mato, como Casimiro Lopes, e muitos bichos para o serviço do campo, bois mansos. Os currais que se escoram uns aos outros, lá embaixo, tinham lâmpadas elétricas. E os bezerrinhos mais taludos[181] soletravam a cartilha e aprendiam de cor os mandamentos da lei de Deus.

Bichos. Alguns mudaram de espécie e estão no exército, volvendo à esquerda, volvendo à direita, fazendo sentinela. Outros buscaram pastos diferentes.

Se eu povoasse os currais, teria boas safras, depositaria dinheiro nos bancos, compraria mais terra e construiria novos currais. Para quê? Nada disso me traria satisfação.

Coloquei-me acima da minha classe, creio que me elevei bastante. Como lhes disse, fui guia de cego, vendedor de doce e trabalhador alugado. Estou convencido de que nenhum desses ofícios me daria os recursos intelectuais necessários para engendrar esta narrativa. Magra, de acordo, mas em momentos de otimismo suponho que há nela pedaços melhores que a literatura do Gondim. Sou, pois, superior a mestre Caetano e a outros semelhantes. Considerando, porém, que os enfeites do meu espírito se reduzem a farrapos de conhecimentos apanhados sem escolha e mal cosidos, devo confessar que a superioridade que me envaidece é bem mesquinha.

Além disso estou certo de que a escrituração mercantil, os manuais de agricultura e pecuária, que forneceram a essência da minha instrução, não me tornaram melhor que o que eu era quando arrastava a peroba. Pelo menos naquele tempo não sonhava ser o explorador feroz em que me transformei.

Quanto às vantagens restantes — casas, terras, móveis, semoventes[182], consideração de políticos, etc. — é preciso convir em que tudo está fora de mim.

181 Robustos.
182 Bens que se movem, como animais.

Julgo que me desnorteei numa errada.

Se houvesse continuado a arear o tacho de cobre da velha Margarida, eu e ela teríamos uma existência quieta. Falaríamos pouco, pensaríamos pouco, e à noite, na esteira, depois do café com rapadura, rezaríamos rezas africanas, na graça de Deus.

Se não tivesse ferido o João Fagundes, se tivesse casado com a Germana, possuiria meia dúzia de cavalos, um pequeno cercado de capim, encerados, cangalhas[183], seria um bom almocreve[184]. Teria crédito para comprar cem mil-réis de fazenda nas lojas da cidade e pelas quatro festas do ano a mulher e os meninos vestiriam roupa nova. Os meus desejos percorreriam uma órbita acanhada. Não me atormentariam preocupações excessivas, não ofenderia ninguém. E, em manhãs de inverno, tangendo os cargueiros, dando estalos com o buranhém[185], de alpercatas, chapéu de ouricuri[186], alguns níqueis na capanga[187], beberia um gole de cachaça para espantar o frio e cantaria por estes caminhos, alegre como um desgraçado.

Hoje não canto nem rio. Se me vejo ao espelho, a dureza da boca e a dureza dos olhos me descontentam.

Penso no povoado onde seu Ribeiro morou, há meio século. Seu Ribeiro acumulava, sem dúvida, mas não acumulava para ele. Tinha uma casa grande, sempre cheia, o jerimum caboclo apodrecia na roça — e por aquelas beiradas ninguém tinha fome. Imagino-me vivendo no tempo da monarquia, à sombra de seu Ribeiro. Não sei ler, não conheço iluminação elétrica nem telefone. Para me exprimir recorro a muita perífrase[188] e muita gesticulação. Tenho, como todo o mundo, uma candeia de azeite, que não serve para nada, porque à noite a gente dorme. Podem rebentar centenas de revoluções. Não receberei notícia delas.

Provavelmente sou um sujeito feliz.

183 Carros puxados por gado.
184 Indivíduo que conduz animais de carga; carregador.
185 Árvore de grande porte, nativa do Brail e pertencente à família das sapotáceas.
186 Espécie de palmeira típica da América do Sul.
187 Bolsa pequena.
188 Recurso que permite exprimir uma ideia usando mais palavras do que o necessário.

Com um estremecimento, largo essa felicidade que não é minha e encontro-me aqui em S. Bernardo, escrevendo.

As janelas estão fechadas. Meia-noite. Nenhum rumor na casa deserta.

Levanto-me, procuro uma vela, que a luz vai apagar-se. Não tenho sono. Deitar-me, rolar no colchão até a madrugada, é uma tortura. Prefiro ficar sentado, concluindo isto. Amanhã não terei com que me entreter.

Ponho a vela no castiçal, risco um fósforo e acendo-a. Sinto um arrepio. A lembrança de Madalena persegue-me. Diligencio afastá-la e caminho em redor da mesa. Aperto as mãos de tal forma que me firo com as unhas, e quando caio em mim estou mordendo os beiços a ponto de tirar sangue.

De longe em longe sento-me fatigado e escrevo uma linha. Digo em voz baixa:

— Estraguei a minha vida, estraguei-a estupidamente.

A agitação diminui.

— Estraguei a minha vida estupidamente. Penso em Madalena com insistência. Se fosse possível recomeçarmos... Para que enganar-me? Se fosse possível recomeçarmos, aconteceria exatamente o que aconteceu. Não consigo modificar-me, é o que mais me aflige.

A molecoreba de mestre Caetano arrasta-se por aí, lambuzada, faminta. A Rosa, com a barriga quebrada de tanto parir, trabalha em casa, trabalha no campo e trabalha na cama. O marido é cada vez mais molambo. E os moradores que me restam são uns cambembes[189] como ele.

Para ser franco, declaro que esses infelizes não me inspiram simpatia. Lastimo a situação em que se acham, reconheço ter contribuído para isso, mas não vou além. Estamos tão separados! A princípio estávamos juntos, mas esta desgraçada profissão nos distanciou.

Madalena entrou aqui cheia de bons sentimentos e bons propósitos. Os sentimentos e os propósitos esbarraram com a minha brutalidade e o meu egoísmo.

189 Desajeitados.

Creio que nem sempre fui egoísta e brutal. A profissão é que me deu qualidades tão ruins.

E a desconfiança terrível que me aponta inimigos em toda a parte!

A desconfiança é também consequência da profissão.

Foi este modo de vida que me inutilizou. Sou um aleijado. Devo ter um coração miúdo, lacunas no cérebro, nervos diferentes dos nervos dos outros homens. E um nariz enorme, uma boca enorme, dedos enormes.

Se Madalena me via assim, com certeza me achava extraordinariamente feio.

Fecho os olhos, agito a cabeça para repelir a visão que me exibe essas deformidades monstruosas.

A vela está quase a extinguir-se.

Julgo que delirei e sonhei com atoleiros, rios cheios e uma figura de lobisomem.

Lá fora há uma treva dos diabos, um grande silêncio. Entretanto o luar entra por uma janela fechada e o nordeste furioso espalha folhas secas no chão.

É horrível! Se aparecesse alguém... Estão todos dormindo.

Se ao menos a criança chorasse... Nem sequer tenho amizade a meu filho. Que miséria!

Casimiro Lopes está dormindo. Marciano está dormindo. Patifes!

E eu vou ficar aqui, às escuras, até não sei que hora, até que, morto de fadiga, encoste a cabeça à mesa e descanse uns minutos.